# 소마불패

# 목차

제26장

투귀와의 비무

...porte moi wagon enlev

moi fregate loin loin

ici la boue est faite

de nos pleurs - est il

vrai parfois que le

triste cœur d'Agathe

loin des remords des ...

소마와 투귀. 두 사람의 검이 눈부시게 빛났지만 누구도 섣불리 좀 전처럼 공격을 감행하지는 못했다.

한순간의 빈틈에 목숨이 오락가락할 것이라는 걸 잘 아는 탓이다.

두 사람은 동물적 감각으로 서로의 약점과 빈틈을 찾아나가고, 그대로 대치 상황은 반각이나 이어졌다.

"당신은 대체 누구요? 그거나 압시다."

"좋아. 재미있는 걸 보여 줬으니 그 정도는 알려 줘야겠지. 본좌의 이름은 차일백. 강호에서는 투귀로 불리지."

"썩을……."

다른 자들의 별호엔 관심 없지만 십일대 초인, 과거 십대 초인으로 불리던 자들의 이름쯤은 기억했기에 소마에게 욕지거리가 튀어나왔다.

어째서 불길한 예감은 틀리지를 않는단 말인가?

이미 적당히 끝내기는 물 건너갔음을 깨달은 소마는 도리질을 치며 양손으로 쥐고 있던 엑셀리온에서 한 손을 풀었다.

그러고는 허공을 격하며 외쳤다.

"버스트 플레어!"

"……?!"

츠즈즈즛.

콰광!

순간적으로 투귀의 뒤편에서 불꽃이 모여드는가 싶더니 둘을 세기도 전에 강하게 폭발했다.

불시에 뒤를 공격당한 투귀.

처음 당한 마법 공격에 대응이 늦었는지 등판을 가격당하며 그대로 앞으로 구르고 말았다.

"크핫!"

그러나 당하고 있지만은 않았다. 앞으로 구른 반동 그대로 소마를 향해 검을 찔러 온 것이다.

"그럴 줄 알았지."

하지만 예상 외로 소마는 여유롭게 투귀의 검을 받았다. 마치 그가 반격할 것을 알았다는 듯이.

투귀의 검에는 여전히 푸른 검강이 솟아 있었지만, 완성형의 금빛 기운 역시 그보다 약하지 않았다.

데구르르.

덕분에 투귀는 굴러 왔던 그대로 다시 방향을 바꿔 구르고야 말았다.

"술법인가?"

그렇지만 그 짧은 순간 내공으로 몸을 보호했는지 옷의 뒤편이 일부 타 버렸을 뿐, 타격은 거의 없어 보였다.

나름 4써클의 위력적인 공격 마법이었는데도 말이다.

"역시."

하지만 소마도 크게 실망하지는 않았다.

과거 하렌과 그의 제자들을 상대로 실험해 본 결과, 일정 수준 이상의 고수들에게 4써클 이하의 마법이 통하지 않으니까.

5써클은 4써클과 비슷한 위력에, 범위 마법이 주를 이루니 당연히 통하지 않고, 적어도 6써클의 고위 주문은 되어야 제대로 된 타격을 줄 수 있었다.

물론 그 일정 수준이라는 게 십일대 초인 정도의 어마어마한 경지였지만.

그럼에도 소마가 4써클의 버스트 플레어를 사용한 것은 일종의 실험 정신이었다.

마법에 대해 무지한 이곳에서도 같은 식일지 말이다.

실험 결과, 마법에 대한 지식을 없었지만, 저항력은 오히려 더 높은 듯싶다.

내공을 몸에 둘러 공격하고 방어하는 것이 익숙하니 어쩌면 당연한 결과이리라.

"그 정도 무공에, 술법까지 이 정도 수준으로 익히다니, 정말 듣던 대로 괴상한 놈이군."

'당신만 할까…….'

재미있다는 듯 껄껄대는 투귀를 보며 소마는 속으로 중얼거렸다.

괴상하기로는 자기도 만만치 않으면서.

왠지 투귀에게 그런 소리를 들으니 더 기분이 나쁜 소마였다.

"미러 이미지."

검을 고쳐 잡은 소마는 본격적으로 실험을 해 보기로 했다.

자신의 마법이 이 세계의 고수들에게 얼마나 통할 것인가. 흥미롭지 않을 수가 없는 일이다.

소마의 몸이 순식간에 둘로, 셋으로, 여섯으로까지 분열하자 투귀도 짐짓 당황하는 기색이었다.

고속으로 이동하는 이형환위도 아니고 가만히 서 있는 분신이라니?

술법을 이용한 눈속임인가 하고 기운을 감지해 보지만 모두 이렇다 할 차이를 느낄 수 없었다.

"그래 봐야 본체는 하나!"

어쩔 수 없음을 알자 투귀는 잡생각을 떨쳐 버렸다.

어차피 자신을 공격하기 위해서는 검을 맞대야 할 테고, 그 순간의 기운을 읽어 내면 그만이라 판단한 것이다.

"과연 그럴까?"

그러나 그가 잊고 있던 것이 있었다.

바로 상대가 소마라는 사실.

투귀를 둘러싼 '소마들'은 그의 생각을 비웃기라도 하듯 가만히 손을 올려 그를 조준했다.

그리고 일제히 마법을 영창했다.

"버스트 플레어."

콰과과과광!!

조금 전 소용없음이 드러난, 4써클의 폭발 주문.

다른 것이 있다면 이번엔 한 발이 아닌 여섯 발이 동시에 터지는 정도?

아니, 정확히는 동시가 아니었다.

여섯 개의 주문은 미묘한 시간차를 두고 펼쳐졌다.

"후욱, 후욱……."

이번에는 효과가 있었다.

투귀가 입고 있던 옷이 넝마가 됐을 뿐 아니라 온몸 가득 그을린 자국과 함께 작은 화상 자국이 남은 것이다.

일제히 쏟아 냈다면 쉽게 막았을 테지만 기묘한 리듬을 타고 터지는 통에 방어가 흔들렸다.

"허어……."

그 모습을 멀리에서 바라보던 검왕과 권왕이 탄성을 토했다.

저런 폭발이라니, 마치 벽력탄을 일제히 터트린 것 같지 않은가?

어떻게든 막을 수 있지 않을까 생각됐지만, 지금 투귀의 모습을 보면 보는 것과는 또 다른 모양이다. 투귀라면 무공으로나 내공으로나 자신들과 큰 차이가 없는 인물이니 말이다.

그들마저 침을 삼키고 지켜보는 동안 무림맹 가장 깊은 곳에서 난 큰 소음에 사람들이 몰려오기 시작했다.

"이런, 귀찮게 됐네."

"귀찮은 놈들이 몰려오는군."

어떤 부분에서든 그들이 자신들에게 하등 도움이 되지 않을 것을 아는 소마와 투귀는 거의 동시에 말을 내뱉었다.

"그렇죠? 그럼 이쯤에서……."

"빨리 끝내도록 하지."

그 말에 반색하며 비무를 마무리 지을까 하던 소마가 도로 인상을 구겼다.

대충 끝내는 것이 아니라 투귀는 단번에 결정타를 날릴 생각인 것이다.

여간 귀찮은 인간이 아닐 수 없다.

"으흠……."

곧 위험한 기분이 들었다.

투귀에게 몰려드는 마나의 양이 범상치 않음을 느낀 것이다.

이 정도라면 천마가 날렸던 검은 마력보다 강했으면 강했지 약하지는 않을 위력이다.

아직 기운이 모이고 있는 현재만으로도 그랬다.

"흐흐!"

그때, 소마의 눈이 반짝였다.

"이쪽입니다!"

그러고는 재빨리 몸을 날렸다.

전각의 기왓장을 밟고 올라선 것이, 그 강대한 위력에 주위 피해가 갈 것을 우려한 모습……

"……섬(殲)!"

"체인 블링크!"

……리가 없다.

"어어엇?!"

소마가 만약을 대비해 몇 차례에 걸친 순간 이동 주문을 펼치자 그 뒤편으로 서 있던 검왕과 권왕이 화들짝 놀라며 내공을 끌어 올렸다.

목표를 잃은 투귀의 강기가 그들을 덮쳐 오고 있던 것이다.

"막아!!"

두 명의 초인은 급히 내공을 극한까지 끌어 올렸다. 워낙 급작스러운 일이라 완벽하지 못했기에 투귀 하나의 공력을 둘이서 간신히 막아 냈다.

그사이 소마는 어지러이 이동했다.

투귀의 눈앞으로, 등 뒤로, 좌로, 우로, 그리고 머리 위로.

그리고 시동어를 읊었다.

"내려찍어라, 천둥의 발걸음!"

동시에 엄청난 압력과 함께 그의 발밑이 무너져 내렸다.

거인의 망치질 같다는 자이언트 윈드 해머보다 강화된 풍압 마법을 윈드 워커에 담아 두었던 것이다.

"크헉."

갑작스레 온몸을 짓누르는 무지막지한 풍압에 투귀는 속수무책으로 자세가 허물어졌다.

자신을 날려 버리기 위해 부는 바람이라면 천근추든, 만근추든 써서 버텨 보겠는데 이건 잘못하다간 땅속에 박혀 버리게 생겼으니 순간 어찌해 볼 대책이 서지 않는 것이다.

자세가 무너지니 힘도 들어가지 않았고, 머리 위에서 발을 구르는 소마의 황당한 공격에서 벗어날 재간이 없었다.

'천마군림보?'

투귀는 혼미한 정신 속에 천마의 독문무공이라는 천마군림보를 떠올리다 이내 지워 버렸다.

천마군림보는 내기의 파장을 이용한 공격이다. 이런 황당한 공격이 아니라.

어쩔 수 없이 투귀는 내공으로 압력에 대항하며 소마의 발밑을 벗어나기 위해 버둥거렸다.

"어우! 독하다, 독해. 이걸 버티냐……."

황당하기는 소마도 마찬가지였다.

한 번 보거나 당하고 나면 정통으로 걸리기 쉽지 않았지만, 일단 걸렸다 하면 제 발로 일어난 이가 없는 공격이거늘 투귀는 힘으로 어거지를 써서 버텨 내는 것이다.

질렸다는 듯 고개를 휘저은 소마는 숨을 고르는 권왕과 검왕을 슬쩍 쳐다보곤 발 구름을 서서히 멈췄다.

"그럼 뒷일을 부탁합니다!"

그러곤 냅다 달아나 버렸다.

"무슨 일입니까?!"

"투, 투귀! 아니 차일백 대협?!"

우연인지 무림맹의 인사들이 들이닥친 것은 그와 동시였다.

그들은 제일 먼저 바닥을 기고 있는 투귀를 발견했고, 지붕 위에서 숨을 고르는 권왕과 검왕을 발견했다.

잔뜩 망가진 주변의 잔해도.

그리고 추측했다.

'투귀, 이 미친 놈이 이 대 일로 싸우자고 덤볐구나!'

아무도 말을 하지는 않았지만 공통된 생각과 질렸다는 눈빛이 모두의 얼굴에 떠올랐다.

권왕과 검왕의 주위로 그의 흔적이 있는 것이 추측의 신뢰도를 더했다.

투귀와 권왕, 검왕도 아무 말을 하지 않아, 일은 그렇게 어영부영 마무리되어 넘어가고 말았다.

무려 십대, 아니, 십일대 초인 중 셋이 비무를 했다는데 감히 누가 토를 달 것인가.

벽력탄 같은 소음이 나든, 폭발이 일어나든 '그들이니까'라는 한마디면 끝이었다.

그들은 이미 인간의 범주를 넘어선 자들이니까.

덕분에 소마는 아무런 의심도 받지 않고, 원하던 대로 입방아에 오르지 않은 채 무사히 넘어갈 수 있었다.

　마교가 발호한 마당에 내분처럼 비칠 수 있는 이야기가 퍼지는 것은 무림맹으로서도 좋을 것이 없는 탓이다.

제27장

마인 척살령

...porte moi wagon enlev

    moi fregate loin lou

ici la boue est faite

de nos pleurs - est il

vrai parfois que le

triste cœur d'Agathe

loin des remords des ...

그렇게 비무 사건은 마무리되고, 소마에게 다시 무림맹의 사자가 찾아온 것은 그로부터 삼 일 뒤였다.

소마가 전해 준 제작법대로 만든 물건들이 정상 작동을 할 수 있는지 파악하기 위한 품평회 때문이었다.

"흠…… 불합격, 불합격, 불합격."

무림맹 최고의 대장장이들이 자부심을 갖고 만들었건만 소마는 그것들은 바닥에 내동댕이치며 가차 없이 평가했다.

미세한 오차도 허용하지 않는 마법진의 각인에 있어서 사소한 실수는 곧 쓰레기를 만든 것과 다름없는 탓이다.

"아니, 자세히 보지도 않고…… 윽!"

소마가 그저 힐끗 돌아보거나 들어 올리는 것만으로 자신들이 만든 물품을 쓰레기 취급하자 대장장이들은 발끈해서 나섰지만, 여느 때와 다른 소마의 매서운 눈초리에 움찔하며 뒤로 물러서고 말았다.

마법사라는 이름으로 불리길 원하는 소마에게 있어서 마법과 관련된 것만큼은 진지해지지 않을 수 없는 것이다.

"불합격, 불합격, 불합격."

대장장이에게 위압적 기운을 쏘아 낸 소마는 다시 돌아서며 평가를 이어 갔다.

여전히 냉정하고 여전히 날카로운 판단으로.

"흠, 이건 그래도 쓸 수 있겠군."

그렇게 열 개의 시제품 중 소마에게 합격 판정을 받은 것은 겨우 하나에 불과했다.

자신 있게 시제품을 펼쳐 놓았던 대장장이들의 얼굴에는 그늘이 드리워졌고, 소마가 가볍게 던진 시제품을 받아 든 황세령은 주위의 눈치를 살피며 신성력을 불어넣었다.

우우우웅—

화악.

순간 성스러운 빛이 눈부시게 주위를 밝혔다.

아직 신성력 주입에 익숙하지 못한 터라 조금 과한 기운을 쏟은 것이다.

"다행히 이중엔 없나 보군."

그 모습에 소마가 중얼거렸다.

방 안 가득 신성력이 채웠음에도 아무런 반응이 없다는 것은 적어도 이중 마공을 익힌 자가 없다는 뜻이니까.

아니면 억지로 참고 있거나.

"오오오……."

그 신성한 빛무리에 어둡던 대장장이들의 낯빛이 환하게 바뀌었다.

무엇인지는 알지 못하지만 자신들이 굉장한 기물을 만들어 냈음을 실감한 것이리라.

덕분에 소마에 대한 반감은 사그라지고, 의욕은 불타올랐다.

"이틀 주지. 다시 만들어."

"하루면 충분하오."

"그러든가."

대장장이들은 소마가 제시한 시간을 스스로 반으로 줄이며 열정적으로 나섰다.

소마는 심드렁하게 답했지만, 입가엔 살짝 미소가 어렸다.

놀라운 아티펙트를 만들어 냈을 때의 성취감은 그 자신도 잘 알고 있는 것이었으니까.

거기까지 말을 마친 소마는 뒤도 돌아보지 않고 자리를

떠났고, 남은 자들도 뿔뿔이 흩어졌다.

대장장이들이 즉시 작업장으로 뛰쳐 갔음은 말할 것도 없었다.

모두가 사라진 자리에는 검은 핏자국이 남았다.

*　　　*　　　*

그들의 의욕과 자신감에도 불구하고 다음 날 만들어진 두 번째 시제품 중에서도 합격 판정을 받은 것은 세 개에 불과했다.

하지만 한껏 고무된 그들의 열정은 식지 않았고, 소마가 직접 시범을 보이고 나자 더욱 불타올라 다시 이틀 뒤 나온 세 번째 시제품 중에는 무려 일곱 개나 합격 판정을 받는 쾌거를 이루었다.

중원에서 내로라하는 대장장이들이 모였으니 어쩌면 당연한 일일 터.

소마가 요구한 물건은 마법적 지식이 아닌, 세공 능력만을 가지고 있다면 만들 수 있는 것들이었으니까.

소마가 직접 만들었다면 열이면 열 모두 제대로 작동할 테지만, 그런 귀찮은 짓까지 맡느니 무림맹에서 도망쳐 버리고 말 것이다.

그나마 한 번의 시범을 보인 것도 그들의 열정이 과거

자신의 모습을 보는 것 같아 베푼 선의였다.

그렇게 다시 며칠이 지나고 열에 아홉 정도 정확한 물품이 만들어질 때쯤, 무림맹에서는 대량 생산을 결정하고 아티펙트 제작에 박차를 가했다.

그렇게 만들어진 아티펙트가 삼백여 개에 달할 때쯤, 무림맹 내부로부터 은밀한 움직임들이 생겨났다.

이런저런 이유로 억류해 둔 무림인들 중 일부가 삼엄한 경비를 뚫고 사라진 것이다.

이에 무림맹에서도 재빠르게 내부 단속에 들어갔다.

사라진 무인들의 인명부를 작성하는가 하면, 마인을 피해 없이 제압할 수 있는 실력자들을 중심으로 아티펙트를 나누어 주고 색출에 나선 것이다.

검왕과 권왕의 부탁에 소마도 어쩔 수 없이 그 일을 돕기로 했다.

물론 처음 소마는 '내가 왜?'라는 반응이었지만 그의 세계에서 흑마법사들이 섬기는 마왕마다 다른 힘과 능력을 사용하듯, 마인들 역시 그가 본 적 없는 독특한 마공을 사용할 것이라는 귀띔이 제대로 먹혀든 덕이다.

천마의 등장이 아니었다면 그조차 그리 큰 매력으로 다가오지 못할 수도 있었지만, 정파의 초인들을 뛰어넘는 천마의 무시무시한 모습이 각인된 지금으로서는 마인에 대한 흥미가 제법 생길 수밖에 없었다.

"어때?"

그런 소마의 옆으로 황세령이 따라붙었다.

어떤 마인이 나타난다 한들 처리할 자신이 있는 소마였지만, 황세령의 경우는 상황이 다른 것이다.

물론 그녀 역시도 크루세이더를 든 이상 일류 수준의 마인도 어려움 없이 해치울 수 있을 테지만 지금 상황에서 황세령을 노리는 것은 고작 일류 수준이 아닐 것이다.

그녀만이 유일하게 마인을 감별할 수 있는 아티펙트를 활성화시킬 수 있으니까.

이 아티펙트에 대한 존재는 대장장이들과 무림맹 간부들 정도만 알고 있을 뿐이고, 무림맹의 고위 간부들 중에는 신성력에 반응하는 자가 없다는 사실을 확인하긴 했다.

하나 소마는 완전히 그들을 믿고 있지 않았다.

때문에 소마는 그녀를 옆에 끼고 다니며 임무를 수행하는 중이었다.

"저쪽이에요."

그 이유뿐만 아니었다.

신성력 그 자체라고도 할 수 있는 성녀, 황세령은 어림으로나마 마인들의 존재를 감지할 수 있었다.

소마가 주변의 마나를 세밀하게 느낄 수 있듯, 그녀 역시도 적어도 마기에 대해서는 포착해 낼 수 있는 것이다.

덕분에 소마는 일일이 찾아다닐 수고를 덜 수 있었다.

"나, 나으리, 왜 이러십니까……."

골목을 꺾어 발견한 마인은 역시나, 평범한 범부의 모습.

무공을 익혔다 말하기도 어려워 보이는 삼류 수준의 무인.

그러나 가까이 가자 소마 역시도 마기의 냄새를 맡았다.

"흑마력의 냄새를 풀풀 풍겨서 코가 썩겠는데 왜 이러기는."

탁하기 그지없는 어설픈 마기에 소마는 급기야 코를 막았다.

잘 정제된 순도 높은 마기라면 오히려 향기 같은 내음이 나지만, 하급 마족이나 마물 수준의 마기라면 혼탁한 기운에 썩은 내가 나는 탓이다.

물론 무림에서 오직 소마만이 맡을 수 있는 내음이었지만.

이런 놈에게는 굳이 아티펙트를 사용해 확인할 필요도 없었다.

"이…… 이잇!"

꿈틀꿈틀.

"최악이군."

결국 막다른 곳까지 몰린 녀석이 변이를 시작했다.

힘의 강화에만 치우친 나머지 인간의 형상마저 갖추지 못하는 어설픈 힘.

능력으로만 따지자면 능히 일류 고수와도 견줄 수 있겠지만 이지를 상실하고 자신이 자신일 수도 없다면 힘이라 말할 가치조차 없었다.

"끄극!"

마물 수준의, 능력을 볼 필요도 없는 수준이었으나 녀석은 변이를 마치는 그 찰나를 이용해 폭발적으로 도약해 왔다.

"응?"

짐승에 가까운 이런 상태에서는 살기에 반응하기 마련이건만, 녀석은 눈앞에서 살기를 뿜는 소마가 아니라 수행원으로 따라온 이를 덮쳐 갔다.

"헉!"

덥썩.

그런 녀석의 앞으로 순식간에 소마가 나타나 할퀴어 가는 손목을 잡아 버렸다.

스윽.

다만 이상한 것은 녀석이 노린 것이 수행원의 목숨이 아니라는 것.

녀석이 노린 것은 수행원이 가지고 있던 아티펙트였다.

"이상하군."

퍼석.

어느새 발동한 타이탄 건틀렛의 힘에 의해 머리가 으깨졌지만 소마는 녀석에게서 눈을 떼지 못했다.

끝까지 무언가에 홀리기라도 한 것처럼 아티펙트를 향해 손가락을 까딱이는 것이다.

"혹시……."

소마는 곧 무언가를 떠올렸지만 이내 고개를 갸웃거리며 지워 버렸다.

자신의 세계라면 충분히 가능한 일이지만, 이 세계에서는 불가능한 일이다. 적어도 자신이 아는 정보 내에서는.

"다음은 어디지?"

"이쪽이에요."

일단 판단하기를 이룬 소마는 다시 다른 곳으로 방향을 돌렸다.

다음으로 향한 곳은 번잡한 어느 객잔이었다.

자신들을 찾아 제거하기 시작했다는 사실을 모르기 때문인지, 아니면 지능적으로 사람들 틈에 섞여 들어간 것인지는 알 수 없지만, 어쨌든 놈에게 유리한 상황.

"막아라."

"예!"

시끄럽기 그지없는 객잔 내를 스윽 둘러본 소마는 무심히 명을 내렸다.

동시에 객잔의 모든 출구가 막혔다.

마인들을 순식간에 제압할 수 있는 이들이 주축으로 나서긴 했지만 그들을 수행하는 자들도 결코 일류 아래의 수준은 아닌 것이다.

곧 모든 문과 창문 앞이 막히고, 소마의 등장에 시장 바닥 같던 객잔이 조용해졌다.

"뭐, 뭐요?"

"귀찮군. 한 번에 끝내지."

몇몇의 인물이 눈치를 보고 있음을 확인한 소마는 황세령을 슬쩍 쳐다봤다.

고개를 끄덕이며 크루세이더를 바닥에 꽂아 넣는 그녀.

이윽고 눈부신 빛과 함께 신성한 기운이 폭사했다.

"생츄어리!"

일순간 객잔이 성역으로 바뀌었다.

그리고 눈치를 보던 몇몇이 불에 탄 듯 연기를 뿜으며 괴로워했다.

그때 소마가 고개를 까딱거렸다.

일반인이라면 신성력에 오히려 활기가 넘쳐야 할 터, 괴로워하는 반응인 자들은 마기를 품은 자들이라는 결론이다.

소마의 명에 수행원들이 재빠르게 그들을 제압했다.

마기를 격발시켜 이겨 내려는 자들이 생길 경우 꽤 소

란스러워질 수 있는 탓이다.

마공으로 싸워도 승부를 장담할 수 없는 일류의 끝자락, 또는 절정에 이르는 무인들이 일거에 손을 쓰니 놈들은 아무런 저항조차 하지 못하고 제압되었다.

이미 가진 바 마공 역시 상당 부분 소실되었을 터이다.

"어디 보자……."

그러는 사이, 소마는 땀 흘리는 황세령과 함께 이층으로 옮겨 갔다.

방에 숨어 있는 마인들을 해치우기 위함이다.

"매직 미사일."

퍼버벙.

소마의 손끝에서 뿜어진 희뿌연 기운이 이층의 몇몇 방문을 박살 내 버렸다.

신성력에 의해 더욱 도드라진 마기가 느껴지는 방들이었다.

"크르르르."

아니나 다를까.

그에 화답하듯 마인으로의 변신을 마친 자들이 우수수 쏟아져 나왔다.

동시에, 황세령을 노려왔다.

"리버스 그라비티."

공격을 해 오던 놈, 눈치를 보던 놈, 이 틈에 달아나려는 녀석까지. 방에서 빠져나온 마인들이 일시에 허공으로 두둥실 떠올랐다.

소마가 준비해 둔 역중력 마법을 시전 한 탓이다.

갑작스러워 몸을 통제할 수 없게 된 놈들은 어쩔 줄을 모르고 허공에서 버둥거렸고, 소마는 여유 있게 그 사이를 누비고 다녔다.

"끄륵……."

털썩.

우당탕탕.

복도의 끝까지 단숨에 옮겨 간 소마의 등 뒤로 목이 베어진 마인들이 낙엽처럼 떨어져 내렸다.

낙엽치고는 꽤나 떨어지는 소리가 묵직했지만.

"헛……."

"치워라."

수행원들이 뒤따라 올라왔을 때는 이미 상황이 종료된 뒤였다.

기대와는 달리 마물급의 수준 낮은 마인들에 실망했는지 소마의 말투는 딱딱하기 그지없었다.

'하긴, 이 정도 신성력 아티펙트에 반응할 정도라면 볼 것도 없는 수준이긴 하겠지.'

"응? 대협, 북쪽에서……."

그때 황세령의 다급한 목소리가 들렸다.

북쪽에서 제법 큰 마기가 감지된 것이다.

이제 막 마공을 개방했는지 폭발적인 기운의 증가에 소마도 곧 방향을 감지할 수 있었다.

"오호?"

그제야 소마의 표정에 생기가 돌았다.

"정리를 부탁하지."

동시에 황세령을 안아 들고 마기가 느껴진 쪽으로 몸을 날렸다.

"어라?"

순식간에 거리를 좁혔지만 동시에 다른 곳에서도 비슷한 기운들이 느껴졌다.

제법 힘 좀 쓰는 녀석을 발견한 것이 한 곳이 아닌 듯하다.

잠시 멈칫거린 소마는 일단 가장 가까운 기운을 향해 방향을 틀었다.

"죽어라, 버러지들!!"

길다면 길고, 짧다면 짧은 시간, 반각.

소마가 도착한 곳에는 자색 기운을 거미줄처럼 뻗히는 마인 하나가 있었다.

"이건……."

아니, 정확히는 혼자가 아니었다.

머리카락만큼이나 가느다란 기운을 뻗힌 녀석은 넷이나

되는 무인들과 연결되어 있었는데 연결된 자들은 하나같이 정신이 제압된 듯, 초점이 풀리고 주변의 인물들을 공격했다.

포위한 자들은 동료인 그들에게 쉽게 공격을 가하지 못해 갈팡질팡하고 있었고, 그러는 사이 놈은 더욱 지배력을 강화하며 마구 날뛰어 댔다.

"정신 계열 마족인가?"

소마는 한눈에 상황을 읽어 냈다.

아마도 가느다란 녀석의 촉수—기운—에 닿으면 몸의 통제력을 잃게 되는 모양.

주위의 무인들은 동료의 공격을 막아 내랴, 놈의 기운에 닿지 않기 위해 움직이랴 정신없이 움직이는 중이었다.

"제가……."

"잠깐."

그 악랄한 수법에 분개한 황세령이 신성력을 앞세워 먼저 나서려 했지만 이번엔 소마가 그녀를 막아섰다.

"지금 신성력을 썼다간 저들도 다치게 될걸?"

지금 신성력으로 공격했다간 이미 마기에 통제를 받는 이들마저 다치게 된다.

그저 근육에만 연결이 되었다면 모를까, 아마도 마기가 뇌에까지 침투했을 터.

지금 힘으로 그 연결을 뜯어내려 했다간 뇌를 다치며,

영영 백치가 되어 버릴 수도 있는 것이다.

이런 경우 일단 조종하는 마족—마인—을 제거한 후, 신성력을 이용한 조심스러운 치료가 필요했다.

취릭.

그때 황세령과 소마를 노리고 몇 가닥의 기운이 뱀처럼 뻗어 왔다.

지지직.

"크흑?!"

그러나 그녀의 몸에 채 닿기도 전에 불에 덴 듯한 반발력과 함께 기운이 튕겨 나갔다.

위험함을 느꼈는지 황급히 기운을 회수하는 마인.

그 모습을 보며 소마가 아쉽다는 듯 표정을 지었다.

황세령에게 먼저 기운이 닿은 탓에 일부러 무방비인 척하던 자신에게 향하던 기운까지 회수된 것이다.

"꺄악!"

하지만 공격을 멈춘 것은 아니었다.

촉수 같은 기운으로는 닿을 수 없음을 간파한 녀석이 부리던 무인 하나를 움직여 직접 공격을 감행한 것이다.

애초에 무인이 아닌 황세령은 갑작스런 공격에 어찌할 바 모르고 소리만 빽 질렀다.

소마는 느긋하게 검을 들었다.

휘릭.

그러곤 허공을 향해 엑셀리온을 휘둘렀다.

덮쳐 오는 무인을 지배하던 모든 기운을 잘라 내 버린 것이다.

"꺼거걱⋯⋯."

털썩.

예상대로, 지배력을 잃은 무인의 몸은 그대로 허물어져 버렸다. 아직 원격으로 조종할 만큼 지배력이 퍼지지 않은 탓이다.

"무작정 신성력을 쏟아부었다간 반발력에 죽어 버릴 테니까, 머리 쪽부터 천천히⋯⋯ 조금씩 신성력을 늘려 가며 치료해 봐."

소마는 황세령에게 쓰러진 무인의 치료법을 설명한 뒤 마인을 향해 한 걸음 내딛었다.

신성력을 만난 마기는 달아나려 할 터.

다른 곳에서부터 손을 쓴다면 오히려 머리 쪽으로 마기가 몰려들 테고, 그러면 성녀라 해도 온전한 치료가 불가능해지게 된다.

또한 쏟아붓는 신성력이 강해도 마찬가지.

강한 힘은 강한 반발력을 불러올 테고, 머리에서 폭발이 일어나면 백치가 되거나 그 순간 즉사하게 될 터였다.

소마의 말을 알아들은 것인지 황세령은 굳은 표정으로 그에게 다가갔고, 그사이 마인은 주변에 쓰러진 무인들을 닥치는 대로 일으켜 세웠다.

"가까이 오면 이자들을 죽이겠다."

뭔가를 느낀 것일까?

마인은 무방비로 다가오는 소마를 보며 으름장을 놓았다.

문제는 협박할 상대를 잘못 골랐다는 것이지만.

"죽여."

"……뭣?"

"죽이라고. 어차피 나하고 상관도 없는 녀석들인데 뭐."

소마가 한 발자국 더 내딛었다.

"허튼 수작하지 마라! 진짜 죽이겠다!"

조종당하는 무인이 스스로의 검을 목에 들이댔다. 더 가까이 오면 자결해 버리겠다는 듯.

"거참 말 많네."

또 한 걸음이 옮겨졌다.

"쳐라!"

그러나 마인은 죽일 수 없었다.

소마의 단호함이 진정 그들의 안위를 생각하지 않는다는 것임을 깨달은 것이기도 하지만, 그들 중 하나가 죽는 순간, 그들을 포기한 적들이 공격을 퍼부을 것이라는 것을 알기 때문이다.

대신에 소마를 향한 일제 공격을 퍼부었다.

단순한 육체의 지배가 아님을 과시하기라도 하듯 각자의 절기를 펼쳐 들어오는 무인들.

더구나 일류에 오른 자들인지 각자의 병장기에는 검기까지 뻗어 나오고 있었다.

"흐음!"

예상했던 상황이지만 소마는 잠시 고민에 빠졌다.

어차피 마기에 제압된 놈들, 싹 베어 버려도 그를 탓할 이는 없을 것이다.

하나 상처를 입고도 애타는 눈빛으로 바라보는 녀석들의 동료가 마음에 걸린 것이다.

"블링크!"

그들의 검이 닿으려는 순간 소마의 형체가 사라졌다, 다시 나타났다.

바로 마인의 곁.

"이형환위?!"

놈들을 조종하던 마인은 황급히 기운을 뿜어내며 소마에게서 멀어지려 했다.

제법 머리가 좋은 놈인지, 자신에게 멀어진 무인들을 굳이 되돌리며 하지 않고, 소마를 향해 기운을 뿌린 것이다.

물론 그것에 당하리라 생각한 것은 아니었다.

'지배력'이라는 자신의 능력을 이용해 시간은 벌 수 있으리라는 판단이었다.

그러나 소마의 반응은 예상외였다.

"귀찮게 굴지 말고……."

한쪽 팔을 일부로 녀석의 기운에 내준 것이다.

'지배력'이란 특징 때문에 기운과 소마의 왼팔이 단단히 고정된 그 순간, 소마는 힘껏 팔을 당기며 오른 주먹을 내질렀다.

"한 방에 끝내자!"

몸이 절로 딸려 가자 녀석은 마기를 최대한 끌어 올려 소마를 지배하려 했으나 소용없는 짓이었다.

소마가 왼팔 이상 그의 힘이 파고드는 것을 막았기 때문이다.

마력의 통제라면 스승을 제외한 누가 와도 밀리지 않을 자신이 있는 소마였다.

"아, 안 돼……."

콰직.

타이탄 건틀렛의 무지막지한 힘에 녀석의 머리가 으깨져 버렸다.

동시에 흔적 없이 사라져 버리는 놈의 지배력.

미약하게 기운이 연결되어 있던 무인들은 실 끊어진 인형처럼 그 자리에 쓰러지자 동료들은 황급히 다가가 그들을 부축했다.

"재미있군, 무공이란 것도."

그동안 무공은 '몸으로 때우는' 기사들의 기술 정도로 생각했었는데 설마하니 직접적인 정신계 능력을 사용할 수 있을 줄이야.

소마의 입가에 흥미로운 미소가 피어올랐다.

하지만 그렇다고 무공을 배우거나 할 생각 따위는 없었다.

만약 자신이 가진 마나를 내공처럼 사용할 수 있는 방법을 찾아낸다면 금방이라도 대단한 무공을 사용할 수도 있겠지만, 그런 방법 때문에 시간을 쏟느니 마법 주문 하나를 더 연구하거나, 아티펙트 하나를 더 만들고 말리라.

무공에 대한 흥미는 어디까지나 자신의 마법을 더욱 발전시킬 영감을 얻기 위한 하나의 요소일 뿐이다.

"상성이란 것도 있을 법 한데……. 혹시 마계의 율법도 적용이 될까?"

이런 특징적인 능력도 가지고 있다면 능력에 따른 상성도 존재할 수 있을 거란 생각이 들었다.

힘 자체는 약하더라도 능력의 상성으로 더 강한 상대를 이길 수 있지 않을까 하는.

그리고 동시에 마계의 율법 또한 떠올랐다.

마계의 율법, 절대 등급의 법칙.

마족들의 세계인 마계에서는 아무리 능력이 좋아도 가

진 바 등급의 차이는 극복할 수 없었다.

동급의 마족 사이에서라면 어느 정도 먹힐 수도 있겠지만 등급 차이가 있는 마족끼리라면 승부는 절대적이었다.

더 낮은 등급의 마족은 어떤 방식의 힘을 사용해도 상위 마족에게 전혀 타격을 줄 수 없었으니까.

또한 이것은 그들의 힘을 빌려 쓰는 흑마법사들 사이에도 통용이 되는 것이었다.

중급 마족의 힘을 빌리는 흑마법사는 상급 마족의 힘을 빌리는 흑마법사에게 적어도 흑마법으로는 어떤 타격도 줄 수 없으며 정신적 지배까지 받을 수 있었고, 그것을 이용해 간혹 마왕과 계약에 성공한 흑마법사들은 모든 흑마법사들 위에 군림하며 세계정복을 꿈꾸거나 흑마법사들이 양지에서 활동하기 위한 전쟁 등을 일으키곤 했다.

결국 번번이 교단과 흑마법사를 배척하는 국가들에게 저지되고 말았지만.

어쨌든 흑마법과 무척이나 흡사한 기운을 뿜는 이들 마인에게도 같은 법칙이 적용될지 호기심이 인 것이다.

덕분에 소마는 마인 몇 놈을 생포해서 실험해 볼까 하는 생각마저 떠올렸다.

"데려가세요."

그러는 사이, 제법 신성력을 다루는 데 능숙해진 황세령이 마기에 잠식되었던 자들의 치료를 모두 마치고 땀을

닦아 냈다.

"그럼 가 볼까?"

"네? 어딜요?"

그런 황세령을 돌아본 소마가 씨익 웃으며 다시 그녀를 안아 들었다.

"어디긴, 다른 놈들 구경하러지!"

그리고 그대로 다른 마인의 기운이 느껴지는 장소들을 향해 몸을 날렸다.

*　　*　　*

'구경'이라 칭한 그의 표현처럼 소마는 가급적 직접 나서서 마인을 제압하지 않았다.

어차피 이 정도의 저항은 예상하고 시작한 일이기에 현장마다 최소 절정급은 되는 이들이 자리하고 있었고, 시간이 걸릴 뿐 굳이 소마가 나설 필요 없이 정리가 되곤 한 것이다.

일부는 끝까지 지켜보지도 않고 다른 마인을 향해 자리를 뜨기도 했다.

대체로 스스로의 내공을 폭발적으로 증가시키는 수준이었지만, 마기에 닿는 곳이 급속도로 썩어 간다거나, 생기를 잃는다거나, 신성력으로도 쉬이 회복되지 않는다거나,

하는 것들도 있었고 '지배력'을 이용하던 마인처럼 손에 잡히는 모든 것을 폭탄처럼 폭발하도록 만드는 능력도 있었다.

그가 알던 무공들과는 판이한 능력들.

세외의 무공 중에는 마법처럼 불을 일으키거나 닿는 곳을 얼어붙게 만드는 것들도 있다 하니 또 어떤 신기한 능력들을 만나게 될지 이젠 기대되기까지 하는 소마였다.

그러는 사이, 무림맹 내에 잔류하던 마인들은 빠르게 제거되어 갔다.

신성력 아티펙트라는 확실한 구별 수단이 있으니 발각도 빠른데다 무림맹의 전력이라 할 수 있는 힘이 일시에 움직이니 정리 또한 빠른 것이다.

'과거' 마공을 익혔던 이들 역시 예외는 아니었다. 무림맹의 하급 무사들은 이미 황세령의 치료를 통해 상처와 함께 내공을 잃은 자들 또한 일거에 잡아들였다.

지난 신성력 치료를 통해 마공을 잃은 것으로 판단하고 파악만 해 두다가 일시에 들이닥쳐 제압한 것이다.

일부는 자백했고, 일부는 끝까지 시치미를 떼었지만 무림맹의 고문 기술자들은 결국 그들에게 자백을 받아 내고야 말았다.

대신 무림맹은 이번 사건에서 발각된 이들에 대한 처분을 극비에 붙였다.

보통은 마공을 익힌 자의 삼대를 멸하려 들었겠지만 그수가 워낙 많았기에 마교와의 전쟁이 언제 벌어질지 모르는 상황에서 그들 모두를 적으로 돌리기는 어렵다는 판단이다.

결국 퍼져 나가기야 할 이야기지만 중원 전역에서 마인척살 작전을 펼치기 전에 퍼지는 것만큼은 막아야 했다.

복수하겠다는 자들만큼이나 미리 달아나는 자들 또한많을 테니까.

"이게 어떻게 된 일입니까?!"

"……뭐라 드릴 말씀이 없습니다."

그러나 무림맹의 작전이 완벽히 성공적인 것만도 아니었다.

이름 난 무인들이 모두 마인 사냥에 나선 사이, 알 수없는 적에 의해 대장장이 몇이 살해된 것이다.

"……간자가 있던 모양이군요."

그것도 내부 사정을 잘 아는 자임에 틀림없다. 우연이라고 보기엔 상황이 너무 절묘하게 맞아 들어갔으니까.

아티펙트를 생산하던 대장장이 몇이 살해되었을 뿐 아니라 만들어 둔 아티펙트 중 상당수가 망가진 것이다.

이쪽 사정을 잘 알지 못하고서는 할 수 없는 일이다.

"상황이 좋지 않습니다.

그뿐이 아니었다. 가지고 나갔던 아티펙트 중 2할 정도가 마인에 의해 망가져 버렸다.

마치 아티펙트의 파괴가 최우선 목표라도 되듯 달려드는 마인들 때문에 어쩔 수 없다는 것이 모두의 공통된 설명이다.

"마교와 마인들만으로도 골치가 아픈데, 내부의 적이라니……"

상황을 파악해야 할 제갈무기의 얼굴에 수심이 가득해졌다.

"……"

"……"

잠시 말없이 서로의 눈치만 보는 이들.

누가 적이고, 누가 아군인지, 명확하지 않은 상황에서 시간이 지날수록 서로에 대한 불신만이 늘어갔다.

"일단 마인 척살은 시작하겠습니다."

그때 제갈무기가 상황을 정리했다.

"우리가 시간을 지체하는 것이 적들의 목적이라면 그대로 따라 줄 수는 없는 일입니다. 먼저 보유한 물건을 각지역의 대표 문파들에게 나누어 보내 내부 단속부터 시작하고, 물건이 만들어지는 대로 추가로 공수하여 무림 전역으로 확대하도록 하겠습니다."

가장 합리적인 판단이다.

마교와의 전쟁이 벌어지면 가장 중요한 역할을 할 것이

정파의 기둥이라는 구파일방, 오대세가의 무인들일 것이므로 치명적인 타격을 입지 않으려면 그들부터 단속하는 것이 옳았다.

수뇌부의 의견이 모아지고, 결국 구파일방 오대세가라는 정파를 대표하는 이들의 손에 나머지 아티펙트의 대부분이 들려져 각 지역으로 운반하는 것으로 결정이 났다.

이후 추가 생산되는 아티펙트들은 무림맹과 각 지역의 다른 대문파들에게 보내질 것이고, 그사이 내부 정리가 끝난 정파의 기둥들이 그들을 통솔하여 중원 전역에서 마인 척살 작업을 벌여 나갈 것이다.

제28장

무림맹을 탈출하다

...porte moi wagon enle...

moi fregate loin lou...

ici la boue est faite

de nos pleurs - est i...

vrai parfois que le

triste cœur d'Agathe

loin des remords des...

마인 척살 작업으로 인해 무림맹 내부가 술렁였지만, 무림맹 무사들의 철저한 통제 때문에 그 사실이 밖으로 퍼지는 것은 쉽지 않았다.

　그리고 그사이 구파일방 오대세가의 고수들이 아티펙트를 가지고 극비리에 자신들의 문파로 떠났다.

　습격에서 살아남은 대장장이들은 더 깊은 암중의 모처로 자리를 옮겼다.

　이미 아티펙트를 한 번이라도 만들어 본 이상, 그들의 표적에서 벗어날 수 없음을 알기에 그들도 순순히 따라 움직였다.

　당연히 아티펙트를 활성화시켜야 하는 황세령도 따라

움직이면서 맹 내에 남은 최절정의 고수 열과, 초절정 고수 하나를 그들에게 붙였다.

그러는 한편으로 정의단이라 명명된 무력 단체를 세웠다.

많은 문파들이 내부 단속을 위해 자파로 돌아갔지만 문파에 매이지 않거나 대신하여 단속할 이들이 있는 자들은 맹에 남았기에 여전히 무림맹이 가진 무력은 대단한 수준이었다.

"싫은데요."

"어허, 그러지 말고……."

마인을 척결하고 마교를 견제하기 위해 만들어진 무력 단체 정의단에 합류시키기 위해 무림맹은 온갖 수단과 말들로 소마를 유혹했다.

그러나 소마의 대답은 단호했다.

이번에 확인한 마인들의 능력은 그의 흥미를 크게 자극했지만 굳이 이들과 무리를 이루어 그들을 찾아내고 상대할 필요성까지는 느끼지 못한 것이다.

더구나 마교의 발호는 막을 수 없을 만큼의 궤도에 오른 듯하니 굳이 찾아 나설 필요도 없어보였다.

사실 소마의 입장에서는 마교가 중원을 지배하든 정파가 지배하든, 그도 아니면 제삼의 세력이 지배하든 아무런 의미가 없었다.

다만 원래의 세계에서 가진 흑마법사에 대한 선입견과 흑마력 특유의 거북한 느낌 때문에 마음에 들지 않을 뿐이다.

다른 사람의 피와 생명을 양분으로 키워 내는 힘이 아니라 정파 무인들처럼 축기를 통해 쌓는 흑마력이라면 굳이 말리거나 방해할 생각도, 이유도 없었다.

물론 축기를 통해 쌓았다 해도 흑마력의 기질에 침식당해 자신을 잃고 해를 끼친다면 말이 달라지겠지만.

"다시 한 번 생각해 주게. 지금 무림에는 자네의 힘이 필요하네."

그런 생각과 신념을 가진 소마이기에 검왕의 간곡한 부탁에도 미동조차 보이지 않았다.

수뇌부 가운데 하늘에서 뚝 떨어지듯 나타나―실제로도 그랬지만― 자신들은 대적조차 못한 천마와 유일하게 맞상대한 소마가 치부처럼 느껴져 탐탁지 않게 여기는 자들이 많았다.

하나 냉정히 말해 지금 정파 무림의 전력이 마교를 앞선다고 장담할 수 없는 것이다.

더구나 지난 사건 때 천마가 보인 무력은 상상 이상. 검왕이 스스로 동귀어진을 노리더라도 그와 맞상대할 수 있을지 모른다라고, 평해지는 상태였다.

그러니 마음에 들든, 그렇지 않든 십일대 초인에 꼽히

는 소마의 무력은 절실했다.

"알겠습니다, 생각해 보죠."

권왕과 검왕의 연이은 설득 행렬에, 소마가 무표정하게 답하고 그를 내보냈다.

"귀찮아 죽겠군."

그리고 그가 나가자마자 와락 인상을 구기며 투덜거렸다.

권왕과 검왕뿐 아니라 빙화나 난화검 등 조금이라도 친분이 있는 자들은 일각이 멀다 하고 그를 찾아와 귀찮게 굴었고, 투귀는 또 한 번 비무를 하기 위해 호시탐탐 그와 부딪힐 기회만 노리고 있었다.

그나마 소마가 그의 기척을 읽어 미리미리 피해 내기 망정이지, 그렇지 않았다면 벌써 너댓 번은 더 겨루자며 칼을 빼 들었을 것이다.

"그렇다면…… 도망이다."

가만히 궁리하던 소마가 눈을 반짝였다.

무림맹 내의 보안이 철저하다지만 자신이 담을 넘고자 한다면 누구도 막을 수 없을 터였다.

블링크를 통해 공간을 넘어 성 밖으로 이동을 해도 되고, 텔레포트를 이용해 순식간에 다른 지역으로 이동해 버릴 수도 있었다.

더구나 유일하게 마음에 걸리던 소명, 소천 부자도 무

림맹의 무인들을 붙여 안전하게 집으로 돌려보내지 않았
던가?

결정을 내린 소마는 간단하게 짐을 꾸리며 머릿속으로
빠르게 계산을 마쳤다.

"행동은 빠를수록 좋지."

그 즉시 방안에 마법진이 그려졌다.

아직 이 세계의 텔레포트 좌표가 익숙하지 않았지만,
지나 온 몇몇의 좌표 정도는 확인해 둔 터였다.

"텔레포트."

파앗.

무림맹을, 아니, 무림을 뒤흔든 소마는 그렇게 무림맹
에서 사라졌다.

묵고 있던 방에 알 수 없는 문양만을 남겨 두고서.

덕분에 두 시진 후 무림맹이 발칵 뒤집혔지만 이미 소
마는 대륙의 서쪽으로 이동한 뒤였다.

*　　　*　　　*

"으음, 누가 내 욕을 하나?"

무림맹이 발칵 뒤집힌 것을 아는지 모르는지 소마는 귀
를 후비며 섬서성으로 진입했다.

말을 타고도 닷새 이상은 족히 걸릴 거리를 단 한순간

에 넘은 것이다.

그 사실을 꿈에도 상상하지 못한 무림맹의 무사들은 장안성과 그 일대를 이 잡듯 뒤져 댈 뿐이었다.

"어쨌든 홀가분하군."

원래의 세계에서는 악랄한 수련에서 벗어난 탓에 사람이 그리워 동료를 만들고 함께 다니기도 했지만, 지금은 상황이 달랐다.

아직 이 세계에 대해 모르는 것투성이라 안내인이 필요하긴 했지만 부딪혀 보고 알아 가는 것 또한 의미가 있을 터, 굳이 귀찮음을 참아 가며 함께할 이유 따윈 없는 것이다.

오랜만에 혼자가 된 소마는 씨익 미소를 지으며 걸음에 속도를 더했다.

"어디 보자……"

여정의 일 순위 목표는 여전히 유람.

그 다음을 굳이 꼽자면 색다른 무공, 혹은 마공을 구경하는 것이었다. 마지막으로 하나를 더 꼽자면 천마란 녀석의 면상에 주먹을 한 번 꽂아 넣는 것이었다.

절대 삐져서 그런 것은 아니다.

그런 이유로 소마는 서쪽으로 계속해서 움직였다.

대륙의 남동쪽과 북동쪽을 살폈으니 이제 서로 움직여 둘러볼 차례였다.

"향이 진하군."

지도도 없이 오직 감에 의존해 방향을 잡는 소마였지만, 아주 기준이 없는 것은 아니었다.

마법사의 본능대로 마나의 향기에 이끌려 움직이는 것이다.

그리고 유독 진한 향기가 풍기는 곳이 있었다.

"저긴가?"

그곳은 산세가 제법 깊은 산.

마법적인 인위적 요소가 가미되지 않은 순수하게 짙은 마나가 모이는 자리.

그의 세계에서는 매직 포인트라 불리던 특수한 위치였다.

그곳에서면 같은 마법도 훨씬 더 강해지고, 마나가 훨씬 빠르게 쌓이며 회복될 뿐 아니라 극단적인 경우 자신의 능력보다 높은 마법을 사용할 수도 있었다.

물론 그 정도가 되려면 드래곤 정도 되는 능력을 지닌 누군가가 강제로 마나를 집약시켜야 했지만.

어쨌든 주변보다 높은 마나의 밀집을 느낀 소마는 눈을 반짝이며 몸을 날렸다.

마나가 밀집되는 것 자체는 큰 의미가 없지만 이런 장소에는 꼭 신비한 영초나 영물이 생겨나기 때문이다.

"이 동네에는 어떤 놈들이 있는지 한 번 볼까?"

그의 세계에서는 엘프가 살거나, 숲의 수호자가 태어나거나, 만드레이크 등 연금술에 쓰이는 진귀한 약초 등이 있었다.

과연 이 세계에는 어떨까?

소마의 가슴이 오랜만에 두근거렸다.

"이쪽이군."

산의 중턱까지 솟구치듯 빠르게 오르자 소마는 기감을 넓혀 더 세밀한 마나의 기운을 읽어 냈다.

대기의 마나는 이미 진하게 느껴졌지만, 이런 경우 그 중심이 되는 특정 지점이 있기 마련인 것이다.

사람이 살고 있는 것인지 중간에 전각 비슷한 것이 세워진 듯도 했으나 크게 신경 쓰지 않고 지나쳤다.

마나에 대해 모르는 사람도 본능적으로 마나가 밀집된 곳이 주변에 있으면 그곳으로 모여들기 마련이니까.

이런 경우 그 마을은 사람들의 수명이 긴 '장수 마을'이 되거나 타고난 힘이 대단한 사람이 많은 '장사 마을'이 되기 쉬웠다.

"어라?"

윈드 워커의 힘을 빌려 한참을 달린 소마는 마침내 매직 포인트에 도착해 의아한 표정을 지었다.

분명히 매직 포인트가 맞는데, 밭이 일궈져 있는 것

이다.

아니, 그것까지는 이해할 수 있다.

한데 그 밭에 자라고 있는 작물들이 신기한 기운을 품고 있었다.

"어떻게 속성이 다를 수 있지?"

매직 포인트라고 다 같은 매직 포인트가 아니었다.

물론 그 강도도 다르지만 매직 포인트마다 가지고 있는 속성의 비중이 다른 것이다.

어떤 곳은 물의 기운이 강한가 하면, 어떤 곳은 불의 기운이 강했고, 또 어떤 곳은 땅의 기운이 강하거나, 쇠의 기운이 강한 곳도 있었다.

이곳은 땅의 기운이 강한 곳이었다.

"어스 포인트에서 나무의 기운을 강하게 지닌 작물을 키운다라……?"

그리고 심겨진 작물은 목(木)의 기운을 강하게 품고 있었다.

물론 상성상 땅과 나무는 호환율이 좋았지만, 이건 누군가가 일부로 심고 키워 온 것이라고밖에 볼 수 없었다.

작물을 통해 강제로 마나의 속성을 바꾼 것이다.

"영약이네."

무림인들이 수백 년 묵은 산삼과 같은 영초를 흡수해

내공을 증진시킨다더니 이 역시 내공 증진을 위한 안배로 밖에 볼 수 없었다.

아마도 나무의 성질을 지닌 내공 심법을 강화하기 위해 어렴풋이 마나를 이해한 누군가가 이런 꼼수를 부린 것이겠지.

상황을 파악한 소마는 기감을 최대한으로 확장하여 주변 마나의 유동을 훑었다.

"없군."

그러고 입꼬리를 말아 올렸다.

\*     \*     \*

"으아아아아악!!"

소마가 다녀간 지 이각 후.

화산파의 성지에서 한바탕 사단이 일어났다.

대환단에 버금간다는 자소단의 주 재료인 영초들이 모조리 뽑혀 사라진 것이다.

마인 색출을 위한 검사를 받기 위해 성지의 관리자가 잠시 본 각으로 자리를 비운 사이 벌어진 일이었다.

화산파는 즉시 비상사태를 선포하고 내부의 인원을 파악했다. 성지 관리자가 자리를 비운 것을 알고 움직였으니 내부의 소행일 가능성이 높다고 판단한 것이다.

빠르고 합리적인 판단이었지만 결과적으로 그것은 시간을 더 지체하게 만들었다.

그사이 소마는 오히려 더 높은 봉우리로 걸음을 옮겼고, 화산파의 문도들은 산 아래로 내려가며 샅샅이 그의 흔적을 찾기 시작했다.

"룰룰루~"

수십 뿌리에 이르는 영초들을 수거한 소마는 제법 기분이 좋아졌다.

조예가 깊지는 않지만 이 정도 영초라면 연금술을 이용해 특별한 약품들을 만들 수 있었고, 마법진을 이용해 기운만을 뽑아 아티펙트에 담을 수도 있었다.

나무의 기운이라 쇠붙이에는 담기 어려울 테지만 아티펙트로 만들 나무 재질의 물품들은 아공간에 제법 쌓여 있었다.

"어디 보자, 이쯤 같은데……."

다만 당장에 딱히 필요한 것은 아니기에 '숲의 망토'에 싸서 아공간에 잘 넣어 두었다.

그리고 움직이는 특별한 마나의 기운을 쫓아 산의 정상 부근까지 올라왔다.

마나의 움직임을 보니 제법 묵직한 녀석인 듯, 빠르지는 않으나 기운이 제법 강대했다.

"찾았다!"

생각보다 예민한 녀석인지, 기척을 지웠음에도 소마가 움직일 때마다 피해 다니던 금빛의 사슴이 드디어 모습을 드러냈다.

그때였다.

웅— 웅—

"헉?!"

수정구 하나가 아공간에서 제멋대로 튀어나와 빛을 내뿜었다.

당혹감을 감추지 못하는 소마.

그사이 깜짝 놀란 사슴은 달아났고, 녀석을 닮은 금빛 기운을 내뿜던 수정구는 천천히 소마의 손으로 내려앉았다.

"서, 설마……."

천마와 맞설 때보다 수십 배는 더 긴장한 듯한 소마의 모습.

불신의 눈빛이 가득한 소마의 기대를 배신하듯 수정구는 잠시 후 하나의 영상을 비추었다.

100세도 넘은 노인인 주제에 소마보다도 젊어보이는 모습. 빛이 나며 찰랑이는 금발에 엘프에 가까운 미남자의 모습을 한 사내는 어딘지 꼬장꼬장함이 느껴지는 심술궂은 표정으로 수정구 건너 소마를 쳐다보았다.

"스…… 스승님."

영상에 나타난 자는 다름 아닌 소마의 스승, 아크론이었다.

제29장

마법의 신, 아크론

porte moi wagon emle

moi fregate loin loi

ici la boue est faite

de nos pleurs - est i

vrai parfois que le

triste cœur d'Agathe

loin des remords des ..

수정구에 떠오른 아크론의 모습에 소마는 고양이 앞의
쥐처럼 바짝 얼어붙있다.

누구든 소마를 아는 이라면 깜짝 놀랄 만한 모습.

천마의 앞에서도 당당하던 소마의 얼굴이 한순간 얍삽
하게 바뀌었다.

"헤, 헤헤. 스승님. 어쩐 일이십니까?"

"뭐? 어쩐 일?"

그러자 아크론의 표정이 일그러졌다.

"도마뱀 새끼들한테 당해서 다른 차원으로 쫓겨난 놈
이, 어쩐 일이십니까?"

"그, 그건……."

"에라이, 멍청한 놈아. 내가 어쩌다 저런 걸 제자로 거둬서……."

찔끔하는 소마를 보며 아크론이 한심하다는 듯 고개를 저었다.

그러다, 눈을 번뜩였다.

"아무튼 넌, 돌아오면 각오해라."

삐질.

순간 소마는 등줄기에 흐르는 식은땀에 부르르 몸을 떨었다.

"잘 있냐?"

그러나 스승은 스승인 것일까, 아크론은 소마에게 안부를 물었다.

"하…… 하…… 전 건강합니다. 스승님이 걱정해 주신 덕분에……."

"이건 또 뭔 소리야? 너 말고! 아티펙트!"

아크론이 걱정한 것은 소마가 아니라 그가 가진 아티펙트들이었다.

아크론이 만든 최고의 역작들.

그것들을 소마가 몽땅 가진 채로 차원이동을 해 버렸으니 잃어버리진 않았을까, 망가지진 않았을까 걱정된 것이다.

"너, 하나라도 잃어버리면 죽는다. 알지?"

"끄응…… 알았어요, 알았어."

소마는 '그러면 그렇지.' 하는 표정으로 고개를 저으며
툴툴 대답했다.

"응?"

그러다 문득, 무언가 생각난 듯 수정구 너머를 쳐다보
았다.

"스승님, 바로 소환 안 하실 겁니까?"

아크론의 말에서 무언가 이상함을 포착한 것이다.

보통이라면 당장에 차원이동 수식을 계산하고, 소환 주
문을 펼친 뒤 죽도록 두들겨 팰 위인이 아크론인데 아티
펙트 간수 잘하라는 둥의 이야기를 하고 있었다.

물론 차원을 넘나드는 엄청난 일인 만큼 제아무리 아크
론이라 할지라도 수식 계산에 시간이 걸리기 때문일지 몰
랐지만, 스승을 겪을만큼 겪은 소마는 뭔가 다른 이유가
있음을 감지했다..

"으, 응? 그야 약속했던 기간이 아직 반년쯤 남았고……."

"솔직히 말씀하시죠."

소마가 계슴츠레 눈을 뜨며 다시 물었다.

그의 말처럼 약속한 자유의 시간이 아직 반년쯤 남긴
했지만, 이런 상황에서까지 그런 것을 챙겨 줄 아크론이
아니다.

이미 강제 소환을 했어도 진즉에 했을 터, 아니, 이제

야 통신이 연결되어 좌표 파악이 되었더라도 늦어도 며칠 내에는 준비를 마치고 소마를 불러들일 그였다.

그것을 누구보다 잘 아는 소마는 그에게 무슨 꿍꿍이가 있음을 직감했다.

"에잉, 아무튼 이럴 때는 눈치가 더럽게 빨라요."

뭐라도 두어 번 더 변명을 하던 아크론은 확고한 소마의 반응에 포기한 듯 혀를 차며 말했다.

"웬 미친 놈이 마왕을 소환하려고 한다."

"엥? 마왕이요?"

마왕. 마족들의 왕. 마계에도 단 일곱밖에 없는 절대의 군주.

그들의 힘의 일부라도 지상계에 내려오면 재앙에 가까운 파멸이 일어날 터였지만, 소마와 아크론은 동네 강아지 이야기하듯 말하고 있었다.

"그런 놈은 왜 부른 답니까? 아니, 소환에 응하기는 한답니까? 나와 봐야 스승님이나 하렌 님한테 두들겨 맞고 쫓겨날 거 빤히 알 텐데."

그런 마왕을 복날 개 패듯 두르려 팰 수 있는 단 두 사람.

그것이 바로 마법의 신 아크론과 검의 신 하렌이었다.

이 두 사람이 멀쩡히 살아 있는데 마왕이 인간계에 강림한다?

아마 그 마왕이 너무 오래 살아서 자살을 하고 싶었나 보다.

이들에게 밉보였다간 인간계에서 역소환 당할 뿐 아니라 마계까지 쫓아가서 소멸 당할 가능성이 농후한데 말이다.

다소 이해가 가지 않다는 듯 소마가 대꾸하자 아크론이 살짝 눈을 빛내며 다시 답했다.

"그게 말이다…… 이계의 마왕이더구나."

"이계의…… 마왕이요?"

"그래. 이쪽 세계의 마왕 놈들은 모두 나와 하렌 놈에게 한 번씩 두들겨 맞았으니 부른다고 나올 리가 없겠지. 그래서 다른 차원의 마왕 놈을 소환한 모양이다."

전혀 다른 힘과 능력을 지닌 이계의 마왕.

아크론이 흥미를 보이기에 충분했다.

"그래서…… 기다리시는 겁니까?"

"뭐…… 그렇지."

그제야 상황 파악이 됐다.

이계의 마왕이라는 재미있는 발상에 흥미를 느낀 아크론이 흑마법사의 소환 의식을 묵인하고 강림을 마칠 때까지 기다리는 것이다.

'아니, 도와주지나 않으면 다행이지.'

실제로 아크론이라면 마왕의 소환을 막으려는 용사들을

훼방놓고 오히려 소환 의식이 빨리 끝나도록 마나라도 제공해 줄 위인이었다.

"그럼 얼마나 걸립니까?"

거기까지 계산을 마친 소마는 아크론에게 직접적으로 물었다.

그의 대답에 따라 자신이 이 세계에 머무를 수 있는 시간이 정해질 테니까.

이미 수정구를 통해 차원과 위치의 좌표가 전송된 이상, 무슨 짓을 해도 그의 뜻을 거스를 수 없으리라는 것을 소마는 잘 알았다.

"글쎄다, 소환이 생각보다 굼떠서 한…… 두 달쯤? 아니 세 달 정도는 있어야겠군. 에잉! 요즘 놈들은 뭐가 그리 멍청한지."

그 말에서 소마는 한 가지 사실을 더 알아차렸다.

'소환된 후 한동안 놔둘 모양이군.'

피해를 최소화하기 위해서는 소환 직후 바로 한판 붙고 원래의 세계로 돌려보내든 소멸을 시키든 해야겠지만, 아크론은 그럴 생각이 없어 보였다.

녀석이 이 세계에 적응하고, 자신의 능력을 어느 정도 펼칠 수 있을 때까지 고의적으로 방관하려는 것이다.

그리고 최상의 상태일 때 쳐들어가서 묵사발을 내려는 것이겠지.

그 과정에서 왕국 한두 개 정도가 사라지게 될지도 몰랐지만 그에게는 크게 중요하지 않은 일이었다.

"그동안 다른 자들이 놔둘까요? 하렌 님이라든가, 그 제자들이라든가……."

소마가 의문을 표하자 아크론이 의미심장한 미소를 지으며 답했다.

"하렌 놈도 기대하는 눈치더군. 그리고 나머지 놈들에게 당할 정도라면 굳이 기다려 줄 필요도 없겠지. 다 죽어 갈 때쯤 잡아다가 실험 재료 정도로는 쓸 수 있겠군."

아크론보다 정의롭다 할 수 있지만, 하렌 역시 더 이상 적수가 없는 절대자 중 하나였다.

그 말은 아크론과 마찬가지로 자신을 긴장시킬 새로운 자극이 없음을 의미했다.

그런 까닭에 그 역시 아크론과 마찬가지로 모르는 척 이계의 마왕을 기다리는 중이었고, 아크론과도 뭔가 언질이 있었음에 틀림없었다.

물론 하렌의 제자들 역시 강하지만, 아직 마왕과 상대하기에는 무리였다.

만날 그들에게 쥐어 터지는 모습만을 보아 와서 그렇지, 마왕이란 인간의 힘으로 맞상대 할 만큼 만만한 적이 아니다.

"쩝!"

상황 파악을 마친 소마는 아쉽다는 듯 입맛을 다셨다.

이제 자유가 석 달쯤밖에 남지 않은 것이다.

아마 아크론에게 강제 소환을 당한 이후에는 어떤 핑계로든 남은 자유 시간을 모조리 빼앗길 테니까.

그저 그 이계의 마왕이란 녀석이 생각보다 쓸 만해서 조금이라도 더 시간을 끌어 주길 바랄 뿐이다.

아니면 흑마법사 놈이 멍청해서 소환에 더 오랜 시간이 걸리거나.

'아, 그러면 마나석이라도 선물하려나?'

충분히 그러고도 남을 것이다.

"그쪽은 어떻냐?"

"벼, 별일 없습니다."

대뜸 아크론이 묻자 소마가 움찔거리며 답했다.

타이탄 건틀렛에 당하고도 끄떡없는 천마강시란 녀석의 존재나, 한 손으로 막아 낸 천마란 녀석의 존재를 말했다간 어쩌면 마왕이고 뭐고 당장에 차원 이동을 시도할지도 모른다.

그렇게 되면…….

'내 자유도 끝이지.'

마왕이 활개 치는 것 따위는 역시 안중에도 없는 소마였다.

아무리 설쳐 봐야 아크론이 돌아가는 순간 끝일 테고,

날뛰는 놈을 가만히 둘 하렌도 아니었다.

"흐음, 수상한데……?"

그 모습에 아크론이 가늘게 눈을 뜨며 수상한 눈초리를 했지만, 증거가 없으니 더 이상 의심을 이어 가진 못했다.

다행히도 확인하러 오기엔 그사이 이계의 마왕이란 녀석을 하렌에게 빼앗길 위험이 있었다.

"어쨌든, 하나라도 잃어버리면 각오하는 게 좋을 거다."

"무, 물론이죠. 누가 만든 건데 감히 잃어버릴 생각이나 하겠습니까."

"좋아. 다시 연락하마."

"예. 그럼 나중에……."

파앗.

소마의 대꾸가 끝나기도 전에 수정구 통신이 일방적으로 끊어져 버렸다.

그제야 안도의 한숨을 내쉬는 소마.

잠시 후.

푹 숙여졌던 소마의 고개가 들려지며 무시무시한 살기가 뿜어져 나왔다.

"이게 다 네놈 때문이야……!!"

"……!!"

타다다닷!

먹통이던 수정구가 갑자기 작동된 것이 영물이 지닌 마력에 반응한 것이라 굳게 믿은 소마는 엑셀리온을 빼 들고 근처에서 경계의 눈빛으로 바라보던 금빛 사슴을 향해 내달렸다.

\* \* \*

결국 소마의 폭주는 사슴의 두 뿔을 잘라 내고 나서야 멈추었다.

천년금각이라 불리는, 마력덩어리 금빛 뿔들은 소마가 손에 넣은 수십 뿌리의 영초보다도 무림인들이 탐낼 것이었지만, 지금은 그저 분풀이로 손에 넣은 아티펙트의 재료에 불과했다.

"자, 이제 다시 가 볼까?"

수확을 모두 마친 소마는 빠르게 좌표를 계산해 내고 시동어를 외쳤다.

"텔레포트!"

무림맹을 벗어날 때와 같은 방법, 다른 마나량으로 이번엔 근거리 텔레포트가 펼쳐졌다.

자신이 수확한 영초들이 누군가 인위적으로 심어 키운 것이라는 것과, 이미 산 아래가 부산스러워진 것을 소마도 알아차린 것이다.

전문 용어로 먹튀!

중요한 아이템만을 쏙 빼 먹고 나르는 얌체 같은 짓을 소마는 아주 사랑했다.

파밧.


빛과 함께 사라진 소마가 다시 나타난 것은 화산파로부터 하루쯤 말을 달릴 거리의 허공이었다.

좌표가 완벽하다면 정확히 땅위에 안착할 테지만, 확신할 수 없기에 빈 허공에 좌표를 설정한 것이다.

제법 높은 위치이지만 윈드 워커가 있으니 깃털처럼 가벼이 내려앉을 터였다.

"응?"

물컹.

가볍게 내딛은 소마의 발끝으로 뭔가 익숙지 않은 느낌이 걸렸다.

"꾸륵……."

"조심!"

누군가의 얼굴을 밟고 내려선 것이다.

화가 난 것인지 밟힌 자는 강하게 손을 휘둘렀지만 소마는 다시 살포시 몸을 띄워 그것을 피해 냈다.

"뭐야, 이건?"

다시 땅으로 내려선 소마는 주변의 분위기가 심상치 않

음을 느끼고 인상을 찌푸렸다.

큰 전투가 있었던 듯 주변은 피투성이였고, 자신에게 경고를 보낸 이들도 온몸 곳곳에 상처를 입어 정상적인 상태는 아니었다.

뿐만 아니라 강한 기의 부딪힘이 있었던 듯 땅이 움푹 패여 있었는데, 무엇보다 자신과 이들에게 살기를 내뿜는 광인 다섯과 눈에 혈광을 머금은 마인 하나가 있었다.

정확히는 여섯 모두 마공을 익힌 마인이었지만, 상대적으로 낮은 수준의 마공을 익힌 것으로 보이는 다섯은 이미 사람의 형상이라 보기 어려웠다.

"그런 거군."

광인이 내뻗은 또 한 번의 공격을 가볍게 피해 낸 소마가 무엇인가를 발견했다.

부서진 아티펙트.

마인을 드러내는 아티펙트가 부서진 채 바닥을 뒹구는 것을 보니 바보라도 상황을 알 수 있었다.

가능성은 두 가지.

아티펙트를 노리고 마인들이 먼저 습격을 했거나, 마인을 척살하기 위해 나섰다가 역으로 몰살을 당한 것이다.

어느 쪽이든 지금 이들이 위험하다는 것에는 변함이 없다.

"캬악!"

서걱.

물론 소마가 나타난 순간부터는 얘기가 달라졌지만.

재차 달려드는 마인을 가볍게 갈라 버리자 강철 같던 녀석의 팔이 두부처럼 너무도 쉽게 뎅강 잘려 나가 버렸다.

"캭!"

"크륵!"

"조심!"

그것이 신호탄이 되었을까?

광인들이 더욱 흉포하게 소마를 덮쳐 갔다.

이지를 상실한 녀석들답지 않게 협공까지 해 가면서.

"오호?"

소마는 기현상에 이채를 띄면서도 멈추지 않고 검을 휘둘렀다.

놈들의 몸은 마기로 강화되었지만, 미스릴로 제련된 엑셀리온 앞에서는 눈사람만도 못한 저항감이었다.

"조…… 심……."

순식간에 세 명의 마인을 해치워 버린 소마를 보며 경고성을 토하던 사내가 멍하니 굳어 버렸다.

절정 고수와 맞붙어도 쉽게 밀리지 않을 것이라 자부하던 자신조차 속절없이 밀려 버린 마인들을 단 몇 합 만에 해치워 버리는 모습에 현실감을 잃은 것이다.

"누, 누구지?"

먼저 정신을 차린 누군가가 힘겹게 입을 열었다.

콰직.

그사이, 무언가 박살 나는 소리가 났다.

"멍청이들."

소마의 전투에 정신이 팔려 멍청히 적이 원하는 바를 이루도록 놓아 둔 녀석들을 향해 소마가 차갑게 말을 뱉었다.

그가 광인에 가까운 마인들을 상대하는 사이, 한 수 위로 보이는 마인이 이들이 운반하던 상자를 박살 낸 것이다.

"헛!"

연달아 그들까지 해하려는 모습에 소마가 남은 두 마인을 빠르게 처리하고 놈에게 달려들었다.

"걸렸군."

그때 놈이 기다렸다는 듯 몸을 틀어 소마에게 장력을 뿜어냈다.

선명한 흑색의 장력.

마기가 집약된 사이한 기운에 소마가 눈살을 찌푸리며 재차 도약했다.

"지랄한다."

푸확!

소마는 그 흑색의 장력을 몸으로 받아 냄과 동시에 놈의 왼팔을 그대로 베어 버렸다.

하늘로 솟구치는 왼팔.

놈은 경악한 표정을 지으면서도 냉정하게 혈을 짚어 지혈을 하며 빠르게 뒤로 물러섰다.

"네놈은 이제……?!"

한쪽 팔을 잃었음에도 득의의 미소를 띠던 혈광의 마인이 순식간에 표정을 일그러뜨렸다.

내부까지 마기가 깊이 침투하는 자신의 장력을 맞고도 소마가 멀쩡한 것이다.

보통은 내부가 썩어 들어가는 고통에 한 발자국 움직이지도 못하고 부들거리거나, 내공으로 마기를 몰아내기 위해 안간힘을 쓰고 있어야 정상인데 말이다.

"어떻게 흑살마장에 맞고도……."

자신보다 실력이 높고 내공이 깊은 상대라도 단 한 방만 적중시키면 이길 수 있다는 흑살마장이 베히모스의 마갑을 만나 무용지물이 되는 순간이었다.

"어떻게는 무슨!"

놈이 당황하는 사이, 엑셀리온이 한 번 더 녀석의 팔을 날려 버렸다.

"크악!!"

단 몇 호흡 만에 양팔을 모두 잃어버린 마인.

고통과 정신적 충격에 혼란해진 사이, 그 틈을 놓치지 않고 소마가 한 가지 마법을 발현했다.

"참(Charm)!"

다름 아닌 매혹 주문이었다.

이 마법은 많은 사람들이 상대를 유혹하여 자신의 포로로 만드는 것으로 알고 있지만 정확히는 상대의 약한 정신을 파고들어 정신을 지배하는 것이다.

때문에 이렇듯 육체적, 정신적 충격으로 정신을 흔들어 놓은 상태라면 더없이 잘 통하는 주문이기도 했다.

"으어……."

마인의 눈에 초점이 사라지고 소마가 미소를 지었다.

매혹이 제대로 먹힌 것이다.

녀석의 오른팔에서는 피가 분수처럼 뿜어졌지만 소마는 포션 한 병을 꺼내 상처에 슬쩍 부었다.

부글부글.

상처가 부글거리며 순식간에 아물었다.

팔이 다시 생겨나는 재생은 아니었지만, 고통을 막고 당장 과다출혈로 죽는 것은 방지할 수 있을 터였다.

"어떻게……. 아니, 당신은 누구……."

"조용."

한숨 돌린 생존자들이 소마에게 질문을 던졌지만, 남의 싸움에 정신이 팔려 제 할일도 못한 녀석들에게까지 관대

할 소마가 아니었다.

살기까지 슬쩍 흘리니 더 이상 질문은 이어지지 못했고, 이번엔 제압된 마인을 향해 소마가 질문했다.

"저것들, 네가 조종한 건가?"

"……그렇다……."

'저것들'이라 칭해진 것은 다름 아닌 다른 마인들이었다.

"어떻게 했지?"

"……구결이…… 있다. ……마기를 이용해…… 서……."

"그렇군."

이제 이해가 됐다.

마계의 율법이 완전히 작용하지는 않는 듯하지만 이 세계의 무공이라는 방식으로 보다 하위의 흑마력을 지닌 자들을 조종할 수 있는 것이다.

이것이 모두에게 통용되는 것인지, 특수한 마공을 익힌 자들에게만 가능한 것인지 알 수 없지만 말이다.

"끄륵!"

"쳇!"

퍼벙.

그때였다. 어디선가 날아온 강력한 흑마력이 소마를 지나 녀석에게로 꽂혔다.

"그쪽이냐!"

소마가 재빨리 움직여 보지만 암습을 가한 자는 애초에 부딪힐 생각이 없었던 듯 기운을 쏘아 낸 후 뒤도 돌아보지 않고 사라진 뒤였다.

"젠장."

아직 알아낼 것들이 더 많았는데, 이럴 줄 알았으면 네크로맨시 아티펙트도 만들어 두자고 할 걸 그랬다고 자책하며 소마는 어쩔 수 없이 걸음을 돌렸다.

"누, 누구십니까. 당신은."

"괴, 괴성?!"

그중 하나가 정신을 차린 듯 소마를 알아차렸다.

소마가 가볍게 인상을 썼다.

아티펙트를 벌써 지니고 있다는 것은 구파일방 오대세가라 불리는 집단 중 하나의 일원이라는 소리.

보아하니 무림맹에서 이제 막 본 파로 돌아가는 중인 듯하고, 그렇다면 어떤 식으로든 자신을 보았을 수 있기 때문이다.

"귀찮게 됐군."

그들이 알아보았다 해도 소마의 평가는 그다지 달라지지 않았다.

그렇게 무시하고 지나치려고 할 때, 살아남은 자들 중하나가 부서진 상자를 치우고 상자를 싣던 수레를 뒤집었다.

"……?"

그리고는 숨겨 둔 상자 하나를 꺼냈다.

"……재미있군."

부서진 상자는 가짜였던 것이다.

자세히 보니 부서진 아티펙트도 진짜가 아닌, 비슷하게 아무 문양이나 그려 넣은 가짜였다.

"종남파…… 라고 했던가?"

구파이면서 유일하게 무림맹에 수뇌부가 기거하지 않던 곳.

정마전쟁에서 큰 공을 세워 구파의 이름을 이어 가고는 있지만, 고수들이 몰살당하는 큰 타격을 입어 아직까지 성세를 회복하지 못하고 있는 곳.

그들이 입은 옷에서 그 사실을 떠올린 소마는 그들에 대한 평가를 다시 매겼다.

실력도 없고 멍청하기까지 한 녀석들인 줄 알았는데 실력은 없지만 아주 멍청하지는 않은 녀석들인 것이다.

적어도 자신의 실력이 모자람은 알고 있는 듯했다.

소마가 판단하기에 그것은 아주 중요한 일이었다.

개죽음을 당할 확률이 그만큼 줄어들 테니 말이다.

"남은 건, 너희뿐인가?"

"예, 옙."

"그렇습니다."

소마의 정체를 알아서일까.

살아남은 종남의 제자들은 그의 주위로 모여 제법 고분고분하게 말을 들었다.

소마가 하늘에서 갑자기 나타났다는 것도, 무림맹을 떠났다는 소식도 듣지 못했으나, 훨씬 먼저 출발한 자신들과 같은 곳에 있다는 것도 큰 고민거리는 되지 못했다.

소마가 '무림 괴성'이자, '알 수 없는 신기를 부리는 자'로 알려진 탓이다.

서른도 되지 않는 나이에 초인이라 불리는 무림의 최고수들과 자웅을 겨룰 수 있다는 이야기 외에, 허공답보를 한다는 소문이나, 상처를 씻은 듯이 낫게 했다는 소문도 있고, 가만히 앉아서 천 리 밖의 말소리까지 듣는다는 소문까지…… 그를 따라다니는 소문들 하나하나가 범상치 않은 것들 뿐이었다.

"그렇단 말이지……."

착한 강아지마냥 자신을 우러러보는 이들을 가만히 내려다보았다.

살아남은 자는 모두 다섯.

운이 좋은 것인지 실력이 좋은 것인지 모두 종남파의 본산제자들이었다.

죽은 자들은 모두 속가를 뜻하는, 조금 다른 무복을 입고 있는 자들뿐이다.

상대적으로 깊이 있는 무공을 전수받는 본산제자들의 무공이 더 높을 수밖에 없으니 어쩌면 당연한 일일 수 있으나, 습격하던 마인들의 실력은, 특히, 그들을 조종하던 녀석의 실력이라면 본산제자들이라 해서 막을 수 있는 수준이 아니었다.

'뭔가 냄새가 나는군.'

소마의 입꼬리가 가늘게 올라갔다.

"좋아. 내가 데려다 주지."

"가, 감사합니다. 대협, 아니……."

"편하게 불러. 호칭 따윈 상관없으니까."

소마는 대협이라 불러야 할지, 괴성이라 불러야 할지 머뭇거리는 녀석들에게 퉁명스레 말하고 주위를 추스르기 시작했다.

본래대로라면 본산에 도착하는 것이 최우선이기에 죽은 속가제자들의 시신을 한곳에 모아 두고 애도를 표한 뒤 빠르게 이곳을 벗어나야 했겠지만, 지금은 무림에서 가장 강하다는 십일대 초인 중 한 명인 소마가 있는 상태.

죽은 속가제자들의 시신을 하나 남은 수레에 쌓아 느리지만 확실히 종남산을 향해 나아갈 수 있었다.

소마도 그런 그들의 행동에 제재를 가하지 않았다. 아니, 만약 자신의 목숨을 보전코자 모른 척하고 가려 했다면 불같이 화를 냈을 것이다.

정의롭다고는 할 수 없지만, 적어도 같은 인간으로서의 도리는 지켜야 한다는 주의이기 때문이다.

철학적인 이야기는 아니고, 인간 대 오크, 인간 대 오우거 따위의 종족 간의 살육이 벌어지는 세계에 살다 보니 자연스레 배어나는 같은 종으로서의 도리 같은 것이다.

어쨌든 시체를 가득 실은 수레는 힘겹게, 종남산에 가까워져갔다.

제30장

천하삼십육검(天下三十六劍)

...mporte moi wagon enle...

moi fregate loin lo...

...ici la boue est faite

de nos pleurs – est i...

...vrai parfois que le

triste cœur d'Agath...

loin des remords des...

약 반나절 정도를 더 움직이자 소마 일행의 움직임이
빨라졌다.

가까이에 있는 마을에 들러 표국을 통해 시신을 운반토
록 한 것이다.

시신을 운반하라니. 보통이라면 거절을 할 수도 있겠지
만 이곳은 종남파의 영역이었고, 또한 그들은 제법 존경
을 받고 있었다.

정마대전 당시 문파의 모든 것을 내던져 마교를 막아
냈을 뿐 아니라 다른 문파들처럼 고액의 보호비를 걷지
않고 민간인들을 보호해 주는 것이다.

물론 표국이라면 어느 정도의 자체적인 무력을 지녔지

만, 그들도 큰 사단이 벌어졌을 때는 종남파의 그림자에 기댈 수밖에 없는 처지였다.

더구나 시신이 썩지 않도록 소마가 마법을 사용해 그들을 얼려 버린 덕택에 썩은 내가 나거나 흉한 꼴을 볼 필요도 없었다.

마공에 당한 상처 부위만 보기가 흉할 뿐, 다른 외형은 잠든 사람처럼 멀쩡한 것이다.

만일 몸이 얼음장처럼 차갑지 않았다면 살아 있다 해도 믿을 터였다.

북해의 무공이라는 빙백신장이라도 쓴 것일까.

종남의 제자들은 궁금했지만 감히 소마에게 물음을 던질 수 없었다.

그저 또 괴상한 무언가를 했으리라 짐작할 뿐.

"저기가 종남파인가?"

"그렇습니다, 대협."

그렇게 다시 삼 일을 움직여 도착한 종남산.

그 중턱에 위치한 종남파의 전각은 중원을 이끄는 아홉 개 문파 중 하나라고는 생각되지 않을 정도로 초라한 모양새였다.

초라함.

그것은 소박함과는 또 다른 것이다.

지금 종남파의 위치가 그러하듯 무언가 억눌리고 불편

해 보이는 모습은 언제 쇠하여 없어지더라도 이상하지 않을 것만 같은 모습이다.

"이걸 대단하다고 해야 하나……."

그 모습을 감상한 소마가 툭 말을 내뱉었다.

영초가 자라고 영물까지 노닐던 다른 산과는 비교도 되지 않을 만큼 약한 마나의 밀집이 일어나고 있었다.

물론 마나의 농도가 다른 곳보다 옅은 것은 아니었다.

그러나 구파라 불릴 만큼 대단한 무공과 고수가 성장하기에는 턱없이 부족한 기운이 아닐 수 없었다.

그러니 이런 곳에서 한때 그만한 성세를 이룬 종남파를 대단하다고 말해야 할지 어떨지 참으로 난감한 것이다.

"누추하지만…… 드시지요. 제가 안내하겠습니다."

그 말을 오해한 것인지 제자들 중 맏이인 진운이 부끄러운 듯 고개를 푹 숙이고 앞으로 나섰다.

종남의 제자라는 자부심은 가슴속에 있지만, 무림맹이나 다른 구파에 비교하면 헛간에 다름없는 모습이라는 것을 그들도 알고 있는 것이다.

소마는 그들이 오해를 했음을 알아차렸지만 굳이 나서서 해명하진 않았다.

단지 행색에 흔들리고 마음을 뺏길 것이라면 종남에 대한 그들의 애정도 거기까지인 것일 뿐이니까.

그런 소마의 생각을 아는지 모르는지 그들은 무거운 걸

음으로 길을 올라 본산의 장원으로 들어섰다.

종남산에 다다른 뒤 소마를 안내한 것은 진운 혼자뿐이었다.

사안이 사안인 만큼 장문인에게 직접 보고를 해야 했고, 그동안 소마를 기다리게 하기보다 함께 장문인에게 가는 쪽을 택한 것이다.

사실 진운 그 자신이 이 사태에 대해 완전히 파악하고 있지 못하는 탓도 있었다.

수뇌부가 무림맹에 기거하지 않는 종남파는 대부분의 고위급 회의에서 제외되었던 것이다.

그러니 한편으로는 부족한 설명을 소마가 대신 해 주길 바라고 있었다.

"장문인, 저 진운입니다."

"오오, 들어오거라."

진운을 따라 장문인실로 가자 그가 반가이 맞이했다.

'젊다?'

진운과 한 배분쯤 차이가 날까?

종남의 장문인은 무척이나 젊었다. 정마대전에서 장문인과 장로들이 모두 죽어 버렸다더니 정말 윗배분의 인사가 없는 모양이다.

"이쪽은……?"

장문인은 진운을 친근하게 안아 주고 나서야 소마의 존

재에 대한 물음을 던졌다.

다소 결례가 될 수도 있는 일이지만, 장문인이 자신의 문도를 챙긴다는데, 누가 뭐라고 할 수 있을까?

소마에게는 오히려 우애 있는 그 모습이 좋게만 보였다.

씨익.

소마가 조용히 미소를 짓자 오히려 진운이 화들짝 놀라 입을 열었다.

"이, 이분은 십일대 초인 중 한 분이신 소마 대협이십니다, 장문인. 대협, 이쪽은 저희 종남파의 장문인이십니다."

무림괴성.

결국 이상한 놈이라는 썩 좋지만은 않은 별호인지라 진운은 눈치를 보며 소마를 십일대 초인으로만 소개했다.

"종남의 장문직을 맡고 있는 천성후입니다."

"소마입니다."

천성후는 이미 소마를 알고 있었는지 아주 침착하게 대꾸하며 악수를 청했다.

무림의 배분으로 생각하면 있을 수 없는 행동이지만 젊은 무인들끼리의 인사라면 가능한 일이었다.

소마도 그에 응답하듯 마주 손을 잡았고 속으로 미소를 지으며 생각을 떠올렸다.

'이것 봐라?'

악수라는, 아주 친근한 표시를 했지만, 정작 맞닿은 손에는 힘을 꽉 주고 있는 것이다.

내공을 싣지는 않았지만, 무언가를 과시하거나 시험하는 듯한 느낌이다.

좋게 말해 젊은 장문인의 호기요, 나쁘게 말해 객기.

무림맹에 있지 않았다 한들 중원 전역을 뒤흔든 소마의 무용담을 듣지 못했을 리 없었으니까.

'내공을 썼다면 아작 내줬을 텐데⋯⋯.'

내공을 사용했다면 타이탄 건틀렛을 사용해 다시는 손아귀힘 자랑을 못하도록 해 줬을 테지만, 그의 기분을 이해하지 못할 것 같지도 않아 소마는 그냥 웃고 말았다.

"비록 무림맹에 있진 않았지만 무림괴성의 활약은 익히 들어 알고 있습니다. 천마를 막아 내셨다지요?"

"뭐, 막았다고 하긴 뭐하지만⋯⋯."

정확히 말하자면 스스로 돌아간 것이라 괜한 공치사를 듣고 싶진 않았다.

그러나 결과적으로 보면 딱히 틀린 말도 아니었고, 소마는 어깨를 으쓱여 보이는 것으로 대답을 대신했다.

"정말 대단하십니다. 어땠습니까, 천마는?"

순간, 천성후의 표정과 기도가 달라졌다.

철천지원수를 앞에 두고 분노를 꾹 참아 내는 자처럼

그의 진지한 목소리 속에는 커다란 분노가 서려 있었다.

종남파를 이 지경까지 몰아넣은 것이 마교이니 어쩌면 당연한 반응이리라.

"강하더군. 적어도 이 무림이라는 곳에서 내가 본 사람들 중에는 제일 강해."

"그렇…… 군요."

잠시 분위기가 침통해졌지만 그는 다시 기운을 되찾고 말을 이었다.

"역시 그 정도는 되어야겠지요. 한데 괴성께서 어떻게 이 아이들과 함께 오시게 된 겁니까?"

"저희를 구해 주셨습니다."

진운이 대신 답했다.

"구해 줘?"

"예. 오는 동안 마교도의 습격을 받았습니다. 신성구를 노린 것 같았습니다."

"그런가……."

이곳에서는 신성구라 불리는 신성력 아티펙트에 대한 이야기와 대강의 흐름은 전서구를 통해 들어 알고 있었다.

신성구의 존재를 극비에 붙이긴 했으나 이미 정보가 유출되어 마인들이 노릴지 모른다는 이야기까지.

때문에 천성후는 신성구를 가지고 돌아오는 진운 일행이 위험하다는 것을 알았지만, 지원을 보낼 수 없었다.

다른 이들을 보낸다 한들 진운의 성취를 크게 뛰어넘는 자가 없어 오히려 짐만 되고 사상자만 늘릴 뿐인 것이다.

지원을 하고자 한다면 천성후 그 자신이 가는 수밖에 없었으나, 장문인이라는 이름이, 마찬가지로 자신이 떠나면 본 산을 지킬 자가 없다는 현실이 발목을 잡았다.

"종남을 대신해 감사의 인사를 드립니다."

이야기를 들은 천성후는 열 살쯤 어린 소마를 향해 허리를 크게 숙이며 감사의 마음을 표했다.

십일대 초인이라는 이름이 있다 해도 명색이 구파 중 한 곳의 수장인 그가 할 만한 행동은 아니었다.

소마는 그 행동과 눈빛에서 제자들을 아끼는 그의 마음을 읽고 천성후가 제법 마음에 들었다.

대략의 이야기가 오가는 중 진운이 목숨 걸고 가져온 신성구를 받아 든 천성후의 표정이 어두워졌다.

구파의 일원이기는 하나, 정마대전에서 최고수들이 몰살당하며 과거의 강함을 잃어버리고 일부 무공마저 소실되어 복원 과정에 있는 종남파이기에 단숨에 강해질 수 있는 마공이란 유혹에 더 빠져들기 쉬운 것이다.

제자들을 믿기는 했지만, 무인에게 강함이라는 달콤한 유혹은 언제든 심마에 빠뜨릴 수 있는 마약과도 같았다.

아무리 바르고 올곧은 성품을 지닌 자도 한 번에 무너뜨릴 수 있는 그런 마약 말이다.

꾸욱…….

한참을 고민하던 천성후가 드디어 마음을 굳힌 듯, 신성구를 강하게 움켜쥐며 바깥으로 향했다.

그리고 진운에게 명했다.

"제자들을 모두 연무장에 집합시켜라."

"예. 장문인."

그 뒤를 소마도 조용히 따랐다.


*        *        *


본 산의 모든 제자를 모았지만, 그 수는 그렇게 많지 않았다.

종남파가 소수정예를 지향해서가 아니라 근골과 성품이 좋은 이들 중 종남파에 입문하려는 자가 없기 때문이다.

훌륭한 재능을 갖췄다면 다른 구파에 입문하길 희망하거나 인성이 갖추어지지 않은 경우가 많았다.

제아무리 뛰어난 근골을 지녔어도 인성이 그릇됐다면 받아들이지 않는 것이 종남의 방식.

천성후는 이러한 문파의 내규를 철저히 지키는 자였다.

그럼에도 천성후의 걱정이 클 만큼 강함에 대한 유혹은 달콤했다.

"무슨 일이지?"

웅성웅성.

갑자기 장문인령으로 연무장에 집합을 시키자 제자들이 술렁거렸다.

그들도 귀가 있어 바깥이 어수선함을 알고 있는데, 갑자기 장문인령으로 즉시 소집이 떨어지니 또 무슨 일이 벌어진 것은 아닌지, 그 어떤 일에 자신들이 관여되는 것이 아닌지 불안해진 것이다.

"전부 모이라고 했을 텐데?"

불안감에 어수선한 연무장을 가만 바라보던 천성후가 불편한 기색을 표했다.

분명 장문인령으로 소집을 명했으나 몇 명의 인사가 보이지 않는 것이다.

그것도 몇 되지 않는 장로 한 명과 가장 빠르게 움직여야 할 입문제자 셋, 그리고 이대제자가 둘이었다.

다른 대문파라면 미처 알아차리지 못할 수도 있는 일이었으나 그 수가 일백 채 되지 않는 종남파이기에, 또 사안이 사안인 만큼 작은 차이도 확 티가 났다.

"그것이…… 며칠 전부터 보이지 않았다 합니다."

"그게 무슨 말이오?"

다섯, 아니, 이제 넷밖에 남지 않은 장로 중 하나가 고개를 푹 숙이며 사실을 고했다.

사라진 장로가 그들을 인솔하여 사라진 지가 벌써 며칠

째였고, 워낙 서로에 대한 믿음이, 특히 몇 되지 않는 간부가 하는 일에 큰 믿음으로 캐묻지 않은 것이다.

곧 돌아올 것이라는 그의 말만 믿고 미처 장문인에게도 고하지 못하고 기다렸건만 이렇게 밝혀져 송구하다는 듯 그는 고개를 들지 못했다.

"장로 하나에 제자 다섯이라…… 참 공교롭군."

옆에서 중얼거리는 소마의 음성에 진운 등의 안색이 창백해졌다.

그의 말처럼 아주 공교롭게도 그 숫자가 자신들을 습격한 이들과 일치하는 것이다.

더구나 특히 강한 한 명과 비교적 약한 마인 다섯이라는 것이 그들의 마음을 무겁게 했다.

"그런데 추가로 사라진 인원이 없다?"

그리고 소마는 또 하나의 의미심장한 말과 미소를 던졌다.

제압된 장로의 입을 막기 위해 격살한 이가 있을 진데 추가로 사라진 이가 없다니?

그것이 의미하는 바는 두 가지였다.

그를 배후에서 조종한 것으로 추정되는 이가 이곳의 사람이 아니거나, 이들 중 하나가 발톱을 감추고 숨어 있거나.

"……알겠소."

소마의 말뜻을 알아들었는지, 그렇지 못했는지는 알 수 없으나 천성후는 무거운 얼굴로 다시 연무장을 스윽 돌아보았다.

형제이자 식구 같은 문도들.

어쩌면 이들 중 그릇된 길에 들어서 피를 보아야 할 이들이 있을지 모른다는 생각이 그의 가슴을 저며 왔다.

"종남의 제자들이여. 우리는 지난 선대의 업적에 누가되지 않도록 정도가 아니면 걷지 않았고, 불의를 보면 참지 않고 누구보다 앞장서 해결해 왔소."

잠시 입을 다물고 그들을 바라보던 천성후가 결심을 굳힌 듯 이글거리는 눈빛으로 제자들에게 입을 열었다.

"비록 본인이 부덕하여 여러분 모두의 검이 하늘에 닿도록 돕지는 못했으나 우리가 가진 마음의 검만큼은 능히 천하를 주유하고 의와 협을 세우고 있다 자부하오."

몇몇은 갑자기 왜 이런 말을 하는지 의아해했지만 몇몇은 그의 말에 공감하는 듯 주먹을 불끈 쥐었다.

그의 뜻과 같이 무를 익히는 자들이 제법 있다는 소리이다.

"그리고 머지않아 그대들의 마음처럼 검 또한 강하게 세워, 천하제일검으로 불리던 과거의 영광을 되찾아 줄 것을 약속하오."

"와아아아!!"

그의 단호하고 힘 있는 목소리에 감응하듯 연무장을 가득 메우는 함성이 터져 나왔다.

과거 천하제일검으로 불리던 종남의 무공에 대한 신뢰요, 천성후에 대한 신뢰의 함성이다.

그러나 본론은 이제부터였다.

"오늘 이 자리에 여러분을 모은 것은…… 한 가지 확인을 위함이오."

"확인?"

"무슨 소리지?"

비통한 음성에 충혈 된 눈. 그의 기도에서 뭔가 이상함을 느낀 이들이 함성을 멈추고 웅성거림을 퍼트렸다.

"이 자리에 마공을 익힌 자들이 있을지 모른다는 첩보를 입수했소. 어쩌면 이미 처리되었을 수도 있으나……."

마공이라니? 종남의 제자가 마공을 익히다니? 다른 곳도 아닌 종남의 제자가?

모두의 말문이 막혔는지 소란이 잦아들었다.

그리고 '이미 처리되었을 수도 있다.'라는 말이 사라진 이들을 염두에 둔 말이라는 것을 눈치채지 못한 이들은 없었다.

"정도 무림의 한 축으로서, 비통한 심정을 안고 다시 한 번 확인하지 않을 수 없소."

천성후는 천천히, 신성구를 품에서 꺼내 앞으로 내밀었다.

"나는, 만일 한순간의 실수로 마공을 익힌 자들이 있다 하여 그들을 증오하거나 미워할 수 없소. 모두 그대들에게 믿음을 주지 못한 내 잘못일 터이니…… 그리고 그대들 역시 마찬가지로, 그들의 죄를 미워하되 사형제였던 그들을 미워하지는 말았으면 하오."

신성구를 쥔 천성후의 손이 바들바들 떨렸다.

그 역시 두려운 것이다.

마공이, 마인이 아닌, 사형제였던 이들을 스스로의 검으로 베어야 한다는 사실이.

그러나 남에게 맡길 수는 없는 일이었다.

그들을 유혹에서 구해 내도록 믿음을 주지 못한 자신의 잘못이기도 했으니까.

"이 신물을 사용하면 마공을 익힌 자들이 드러날 것이오. 그들의 마지막이 외롭지 않도록…… 우리가 함께해 줍시다."

아직 얼떨떨해하는 제자들을 바라보며 천성후가 신성구에 내공을 불어넣었다.

더 시간을 끌면…….

파지직.

신성력과 마나의 영역인 내공이 만나며 작은 반발을 일으켰지만, 이미 내공으로 손을 보호하는 천성후에게는 아무런 해를 끼칠 수 없었다.

우우우웅!

시동이 걸린 듯, 부르르 떨며 신성한 빛을 뿜어내는 신성구.

그 빛에 닿는 이들의 표정을 천성후와 진운 등이 하나하나 샅샅이 살폈다.

그들이 저항을 할 경우 곧바로 뛰어들어 피해를 최소화해야 하는 것이다.

"미안하오, 장문인!"

"황 장로, 이 무슨 짓이오!"

휘릭.

그때 검은 마력이 폭주하며 천성후의 뒤를 덮쳐 왔다.

사라진 장로 이외에 장로 중 또 다른 마인이 있었던 것이다.

"……왜 그랬소."

채앵―!

그러나 예상이라도 한 듯 천성후는 곧장 뒤로 돌아 물러서며 어렵지 않게 그의 검을 받아넘겼다.

더 오랫동안 무공을 익히고, 마공으로 힘을 증폭시키기까지 했으나 천성후의 무공 수위 역시 그에 못지않은 것이다.

"어떻게……?!"

천성후의 무위가 예상과 달랐음일까.

공격을 가하던 장로가 놀라 눈을 부릅떴다.

"뒤늦게 깨달았소. 사부님께서는 이미 내게 모든 것을 물려주셨음을."

그의 사부가 죽으며 일부 소실되었던 것으로 알려진 천하삼십육검(天下三十六劍)의 진수가 천성후의 검을 통해 되살아났다.

종남파가 천하제일검으로 불릴 수 있었던 바로 그 검이!

"큭!"

천성후의 검에서 빛이 번쩍이자 이제 밀리는 것은 장로였던 자였다.

"그만두시오, 오 장로!"

그 사이, 다른 장로들은 또 다른 마인과 사투를 벌이는 중이었다.

비록 이 대 일의 구도를 취하고는 있으나, 자신들과 비등하던 자가 마공의 힘으로 내공이 급증하니 둘로서도 막아 내기가 쉽지 않은 것이다.

"꺼걱!"

그나마 다행인 것은, 제자들 사이에 나타난 마인 셋이 아무런 힘을 쓰지 못한다는 것이었다.

제자들 중 가장 강하다는 진운조차 그들을 일대일로 감당할 수 없었고, 갑작스런 폭주로 주변이 혼란에 빠졌으나 소마가 누구보다 빠르게 움직여 그들을 제압해 낸 덕이다.

천성후의 말도 있고 하여 직접 목을 치지는 않지만 양 팔목을 잘라 제대로 힘을 쓰지 못하도록 조치했다.

"크아아앙!"

그럼에도 마인들은 사뭇 위력적이었다.

손목이 잘린 팔과 다리를 필사적으로 휘두르고 강철 덫처럼 강화된 턱으로 병장기를 물어 부수는 그들의 능력은 가히 괴수에 다름없어, 무공이 낮은 제자들은 쉬이 접근조차 하기 어려웠다.

"모두 물러나!"

"차핫!"

빠르게 제자들을 물리고 그들과 맞서 간 것이 진운들이었다.

과연 장문인과 장로들을 제외한 최고수라는 것인지, 그들은 혼자, 또는 둘이서 한 명의 마인들을 맞아 조금씩 압도해 나갔다.

아직 무공의 밑바탕이 얕은 이들이 강대한 힘만을 쫓아 마공을 익히다 보니 성취나 이해가 형편없는 탓이다.

그들은 그저 제 힘에 취해 힘만 잔뜩 뿌려 대는 주정뱅이에 지나지 않았다.

일류 고수가 아니고서는 그 힘을 맞받아칠 수 없다는 것이 문제였지만.

"초 매, 소월! 지금이야!"

"하앗!!"

더구나 소마가 팔목을 잘라 버린 덕에 제대로 된 무공조차 펼칠 수 없어 제압되는 것은 시간문제였다.

진운들은 그동안 손발을 맞춰 왔던 호흡을 유감없이 드러내며 그들을 제압했고, 한 명의 마인이 쓰러질 때마다 공세는 더욱 강해졌다.

그렇게 제자들이 힘을 낼 무렵, 천성후 역시 결말을 보았다.

측은한 얼굴로 처음 자신에게 암습을 가한 황 장로의 가슴을 깊이 베어 낸 것이다.

"이, 이럴 줄 알았다면······."

"······미안하오. 내가 너무 늦은 탓이오."

회한이 가득한 장로의 주검을 보며 천성후가 나지막이 사죄했다.

자신이 좀 더 빨리 성취를 이뤘다면, 이들에게 믿음을 주었다면 이런 일이 없었을 수도 있을 텐데······.

문파를 이끄는 장문인으로서 책임을 통감하는 것이다.

두 장로는 그때까지 마지막 마인 하나를 완전히 제압해 내지 못했지만, 많이 어려운 상황도 아니었다.

그가 익힌 것이 어떠한 마공인지 정확히 알지 못하는

상황이라 조심하는 것일 뿐, 착실히 상처를 입히며 제압의 수순을 밟아 가고 있었다.

"빌어먹을!"

'오 장로'라 칭해지던 마인은 상황이 불리해짐을 깨닫고 도주를 시도했다.

"갈!"

팔 할의 공력을 쏟아 어린 제자들에게 기운을 쏘아 낸 것이다.

제자들의 피해를 막기 위해 몸을 돌린 사이 도주하려는 수작일 터.

차랑.

그러나 그 시도는 천성후의 노기 어린 검격에 무산되고 말았다.

단 한 번의 검격으로 그의 단단한 검기를 파괴해 버린 것이다.

덕분에 안심한 두 장로는 틈을 놓치지 않고 전력을 쏟아부었다.

제자들을 향해 기운을 폭사해 낸 탓에 그의 단전이 순간적으로 비어 있음을 알아차린 것이다.

"끅……."

매정한 검날에 도주하던 마지막 마인마저 치명상을 입고 전투 불능에 빠지고.

"크……  크흐흐흐."

"……."

전투 불능의 상태로 자조 섞인 웃음을 짓는 마인을 보며 아무도 말을 잇지 못했다.

그들이 비록 좋지 않은 선택을 하였지만, 마음속 한순간의 유혹이 찾아왔던 것은 자신들도 크게 다르지 않은 것이리라.

천하제일검이라 추앙받던 이들이 손에 잡히지 않는 명예를 제외한 모든 것을 잃고, 일부 무인들의 수근 거림을 들을 때의 기분은 그 누구도 이해하지 못할 것들이었다.

"쿨럭……  쿨럭……."

그렇게 착잡한 얼굴들로 바라보고 있을 때, 그가 마지막 숨을 토해 한마디를 더했다.

"미안하오……  장문인……."

털썩.

힘을 쫓아 마공을 익히고, 사형제를 비롯한 제자들에게까지 검을 휘둘렀으나, 종남에 대한 마지막 애착은 놓지 않은 것이다.

"잘 가시오……. 그대의 복수는 내 꼭 이루리다."

손을 들어 그의 눈을 감기는 천성후의 두 눈에 마교에 대한 피보다 붉은 복수심이 내려앉았다.

"······제자들은 들거라!"

스러진 그를 한참 바라보던 천성후가 제자들을 향해 몸을 돌리며 내공을 실어 크게 외쳤다.

"지금부터 우리 종남은 마교와의 일전이 있기 전까지 전원 폐관에 들어간다!"

문파 전원의 폐관 수련.

이는 곧 봉문을 의미하는 것이기에 동요가 있을 법도 했지만, 누구 하나 토를 달거나 꺼려하는 기색이 없었다.

장문인인 천성후가 소실된 것으로 알려진 천하제일의 검법, 천하삼십육검을 되찾았다는 공표를 한 탓이다.

모두의 가슴에 잃어버렸던 자긍심과 기대감이 가득 차올랐다.

"그리고 내가 모두를 직접 지도할 것이다."

그 마음에 호응하듯 천성후도 힘 있고 흡입력 있는 목소리로 그들에게 자신감을 심어 줬다.

"천하삼십육검을."

"······!!"

그 다음 그의 입에서 튀어나온 발언은 결코 가볍지 않은 것이었다.

천하삼십육검은 장문인을 비롯한 문파의 최고위층들에게만 개방된 비전의 절기.

그것을 모두에게 개방하다니?

아무리 고르고 골라 선발된 인원들이고, 하나하나가 문파의 중심이라고는 하나, 과도하다 할 수 있는 처사였다.

'둘 이상 알면 비밀이 아니다'라는 말처럼 만약 이들 중 하나가 다른 마음을 먹어 몰래 다른 이에게 전하거나 다른 문파에 팔아넘기기라도 한다면?

앞으로 종남파의 입지가 흔들리게 되고, 더 이상 구파의 일원으로서 존재할 수 없게 될지 몰랐다.

무공이 유출된다는 것은 파훼법이 양산될 수 있다는 뜻이기도 하니까.

아무리 뛰어난 무공이라 한들, 경지에 오르기 전까지는 파훼법을 만나게 되면 무력하기 그지없다.

때문에 마지막 남은 두 명의 장로들은 천성후를 말리려 했으나, 그 단호한 모습에 차마 말을 잇지 못하고 그의 뜻대로 바라만 보았다.

"휘유~"

그동안의 무림 생활로 그것이 얼마나 어려운 결정인지 대강이나마 짐작을 하는 소마 역시 그의 결단에 속으로 박수를 보냈다.

기득권이 자신의 힘의 원천을 내려놓는다는 게 얼마나 어려운 일인지 알고 있는 것이다.

"종남의 모든 검들을 대신해 제자들의 피해를 막아 주신 괴성께 감사드립니다."

장내 정리가 일단락되자 천성후는 소마에게 다가와 주저 없이 고개를 숙였다.

종남의 수장인 그가 제자들 앞에서 허리를 숙인다는 것은 상당한 결단이 필요한 일이지만 그의 행동에는 망설임이 없었다.

소마가 아니었다면 얼마 남지 않은 제자들 중 상당수를 또다시 잃어야 했을 테니까.

믿을 수 있는 단 한 명의 제자가 중요한 그들에게 이는 아주 큰 빚이라 할 수 있었다.

"뭐, 마교란 녀석들은 나도 마음에 들지 않으니까."

조금 거들었을 뿐이라 생각하는 소마였기에 자신의 공을 따질 생각은 없었다.

죽은 마인들의 시체를 모아 태우고, 사형제로서의 정과 그들의 명예를 위해 일어난 일에 대한 함구령을 내린 천성후는 공표한대로 봉문의 절차를 밟았다.

필요한 물자를 보충하기 위한 최소한의 인원만을 밖으로 내보내고 전서구를 통해 봉문 사실을 알렸으나, 천하삼십육검의 복원과, 제자들의 수련 사실은 감추기 위해 마인의 습격에 의한 봉문으로 거짓 소문을 냈다.

그렇게 되면 세간의 비웃음을 사게 될지 모른다. 하나

더 큰 도약을 위해서는 어쩔 수 없는 한순간의 굴욕이었
다.

다시 그들이 세상에 나타나는 날, 무림은 또 한 번 들썩
이게 되리라.


"흐음, 아무래도 이상하단 말이지."

그들이 분주히 움직이는 사이, 스스로 장문인실을 내주
고 제자들과 함께 기거하는 천성후를 대신해 자리를 차지
한 소마가 종남산의 산세를 돌아보며 연신 고개를 갸웃거
렸다.

아무리 생각해도 이곳의 마나가 이상한 흐름을 보이고
있는 것이다.

대해처럼 흘러야 할 강물이 둑에 막혀 흐르지 못하는
것만 같은 느낌.

이 세계에서 오직 소마만이 알 수 있는 기이한 흐름을
차분히 읽어 내고 거슬러 올라갔다.

"이쪽인가?"

그리고 아무도 모르게, 험준한 산길을 뚫고 걸음을 내
달렸다.

"응?"

한참을 달려 도착한 산속 어느 지점. 예상과 달리 아
무것도 보이지 않자 소마는 이상하다는 듯 고개를 갸웃

거렸다.

마나의 흐름상으로는 이곳에 무언가 변고가 있어야 하는데 주위를 아무리 둘러봐도 마법진, 혹은 진법 따위의 기운이 느껴지지 않는 것이다.

"이게 뭐지?"

자신의 착각인가 하고 돌아서려던 찰나, 소마는 바닥에 있는 무언가를 발견했다.

"끙차."

들썩들썩.

돌과는 다른 무언가.

소마가 그것을 힘으로 잡아 빼니 땅이 들썩이며 무언가 쑥 뽑혀 나왔다.

"아……!"

그 순간, 소마는 감지했다.

이질적으로 느껴지던 굵은 마나의 줄기가 그가 있는 곳을 관통하고 지나는 것을.

자신의 손에 들린 이 굵은 쇠말뚝이 이 산이 지닌 마나의 길을 막고 있었던 것이다.

그리고 그 세찬 흐름은 결코 자신이 영초와 영물의 뼈을 거둬들인 마나 포인트의 것보다 약하지 않음을 느꼈다.

아니, 그동안 막혀 있었던 만큼 맥동하는 힘은 훨씬 커다란 것이었다.

"이런 걸로 마나의 흐름을 막아 놓다니……. 재미있군."

자신의 세계에서는 볼 수 없던 일들.

그것에 흥미를 느낀 소마는 미소를 지으며 다시 한 번 전력으로 기감을 개방했다.

제31장

혈마의 재출현

porte moi wagon enlev

moi fregate loin lou

ici la boue est faite

de nos pleurs - est il

vrai parfois que le

triste cœur d'Agathe

loin des remords des ...

"응? 이상하게 몸이 가볍게 힘이 넘치는 것 같습니다."

"하하, 현 장로. 천하삼십육검을 익힐 생각에 너무 들뜬 것 아니오?"

"이거이거, 주책맞은 모습을 보인 것 같습니다. 하하하."

소마가 종남산에 있는 다섯 번째 쇠말뚝을 뽑았을 때, 모든 이들이 체감할 수 있을 만큼의 변화가 일어났다.

수년, 어쩌면 수십 년 동안 막혀 있던 영산의 기운이 산 전체를 세차게 휘돌면서 그 안에 있는 이들에게로 알게 모르게 흘러 들어가고 있는 것이다.

앞으로 한동안은 지속될 이 효과 덕분에 축기를 한다면 더 많은 내공을 모을 수 있고, 초식을 익힌다면, 근육과

세포 하나하나에 마나가 스며들어 더 강한 육체적 힘을 낼 수 있게 될 터였다.

종남파 전체가 기연을 얻은 것이다.

막혀 있던 기운이 이제야 퍼져 나가는 것인 만큼 소마가 찾던 영초나 영물 따위는 아직 생겨나지 않지만, 물리적인 힘으로 마나의 맥을 끊는다는 발상은 그에게 새로운 영감을 불어넣어 주었다.

어쩌면 연구 마법사의 길을 걸어온 그에게는 대단한 영약보다도 큰 의미리라.

"참 재미있는 세상이란 말이야."

봉문 준비를 마쳐 가는 종남파를 돌아보며 소마 역시 떠날 채비를 했다.

천성후와 다른 이들이 제법 마음에 들었으나 봉문을 하는 마당에 더 머무를 이유가 없는 것이다.

"향후 종남이 봉문을 깨고 세상에 나갔을 때, 괴성께서 우리를 필요로 하신다면 어떤 일이든 발 벗고 도울 겁니다."

떠나는 소마를 배웅하며 천성후는 진심을 담아 은인으로서의 예를 올렸다.

소마의 무위가 소문과 같다면 자신들을 크게 찾을 일도 없겠지만, 사람 일이라는 것이, 또 무림의 일이라는 것이 어떻게 변할지 모르는 것 아니던가?

종남의 명예와 신의를 위해서라도 그는 굳게 맹세했다.

"나중에 봅시다."

소마 역시도 딱히 그들의 도움을 받을 일은 없다고 생각했지만 굳이 부정하지 않고 그들의 호의를 고맙게 받았다.

"아참, 내가 오다가 나무뿌리를 몇 개 캤는데 들고 가기 귀찮아서 놓고 가니까. 구워 먹든 삶아 먹든 알아서들 하슈."

"예?"

깜박했다는 듯 말하고 사라지는 소마의 뒷모습을 보며 천성후와 진운, 그리고 두 장로는 얼떨떨하게 서로의 얼굴만 쳐다보았다.

설마하니 자신들이 먹을 게 없어 그가 오면서 캔 나무뿌리를 먹어 끼니를 때울까.

분명 범상치 않은 것임을 직감한 그들은 소마가 사라지는 즉시, 소마의 거처이자 장문인실이었던 곳으로 향했다.

"헉!"

"이, 이건 영초가 아닙니까?"

"향이 범상치 않습니다. 족히 수백 년 묵은 산삼 정도의 값어치는 있을 것 같습니다."

대환단과 맞먹다 알려진 자소단의 핵심 재료가 되는 영초인 만큼 그들이 보고 놀라는 것은 당연했다.

"그분은 대체······."

영산의 기운을 가득 받아 맑은 정기가 코와 눈으로 느껴지는 영초들을 보며 종남의 수뇌들은 소마가 하늘에서 보내 주신 사자가 아닐까 하는 착각마저 들었다.

물론 가장 좋은 것은 소마 자신이 챙겼지만, 그것만으로도 그들에게는 큰 은혜였다.

산 전체에 마나가 거세게 휘돌고 있다 하나, 영초가 자라나기까지는 적어도 몇 년에서 몇 십 년쯤 걸릴 테고, 마교의 발호가 코앞으로 다가온 이 시점에 내공을 급격히 끌어 올릴 수 있는 영약의 존재는 그 어떤 것보다도 중요하다 말할 수 있었다.

그렇게 종남이 봉문을 하고 무공의 수위를 급격히 끌어 올리는 사이, 소마는 보다 서쪽을 향해 나아가고 있었다.

\*　　　\*　　　\*

"자네, 들었나? 괴성이 신출귀몰하게 중원 이곳저곳을 떠돌며 마인들을 척살한다는구만."

"멸문할 뻔한 종남파도 구했다더군."

"특별 감찰단이라지?"

"괴성이라면 천마와 겨루었다는 초인 아닌가? 정말 그가 돌아다닌다면 몰래 마공을 익힌 자들이 오줌을 찔끔

*지리겠군!"*

"엥?"

서안 지방의 어느 객잔에서 식사를 하던 소마의 귀에 요상한 소문이 들렸다.

하도 귀찮게 구는 녀석들이 많아 무림맹을 빠져나왔건만 무림맹에서 일부로 내보낸 것처럼 꾸며져 이야기가 돌고 있는 것이다.

"벌써 알았나? 빠르기도 하군."

아무래도 자신의 행적을 쫓다가, 종남파를 도와 마인들을 상대했다는 것까지 알아내 수작을 부린 듯하다.

이런 식으로 소문을 내어 무림맹의 잇속을 챙기고 자신을 옭아매려는 것이겠지.

단번에 모든 것을 파악한 소마였으나, 크게 괘념치 않았다.

자신을 이용하려는 제갈무기가 괘씸하기는 했으나 어느 정도 예상했던 것이고, 당장 귀찮게 돌아가 따지기보다 나중에 만나면 박살을 내놓으면 될 일이다.

"그런데 여기는 괜찮을까? 다른 곳이야 마교와도 제법 떨어져 있고, 무림 문파들이 많다지만, 이곳은 무력이 약한 모산파뿐이지 않나. 모산파가 강하다고는 하지만 종이 쪼가리나 날리는 주술가들이 칼 들고 설치는 마인들을 이길 수 있을지…….”

“예끼, 이 사람아. 큰일 날 소리를 하고 있어. 누가 들
으면 어쩌려고 그러나?”

그때 불안해하던 낭인들의 이야기가 소마의 귀에 들어
왔다.

모산파가 두려운지 주위를 살피면서도 마인과 붙으면
승리를 장담할 수 없으리라 생각하는 그들의 반응이 제법
재미있는 것이다.

“주술사라……?”

주술의 존재를 확인했던 소마인지라 모산파에 대한 궁
금증이 크게 일었다.

“말이야 바른 말이지. 주문을 중얼거리고 종이를 날리
는 사이에 칼질 한번 하면 죽은 목숨 아닌가? 부적의 위
력이 강하다고는 하지만…….”

화륵.

“……?!”

“헉!!”

그때 그들의 탁자 위로 아찔한 불꽃이 솟아올랐다.

“이놈들이 예가 어디라고 주둥이를 함부로 놀리느냐!”

“대, 대협. 죽을죄를 지었습니다요!”

마침 객잔을 들어오던 모산파의 고수들이 그들을 향해
부적을 날린 것이다.

"죽을죄? 그럼 죽어야지."

화륵.

다시 한 번 사내의 손끝 부적에서 불이 붙었다.

표독스러운 표정만큼이나 잔인한 손속이었지만, 소마는 끼어들 생각이 없었다.

과하기는 하나, 일차적인 잘못은 입을 잘못 놀린 낭인들에게 있는 것이다.

대신 천천히 그가 일으키는 마력의 구동을 분석했다.

'자신 없으면 입을 다물어야지.'

냉혹하기는 하지만 그것이 현실이다.

"그만하세요."

금방이라도 낭인들을 태워 죽일 듯한 사내를 말린 것은 뒤따라 들어온 여성이었다.

제법 미색을 갖춘데다 나서는 자보다도 더 큰 마나가 감지되는 고수였다.

"하지만……."

"그만."

딱.

그녀가 손가락을 튕기자 사내의 손에서 타오르던 불꽃이 거짓말처럼 사라졌다.

"오호?"

마력 간섭을 통해 마법을 취소시킨 것이다.

방법 자체는 그다지 어렵지 않지만, 꽤나 실력 차이가 나지 않고서는 실행하기 어려운 기술.

그것을 바라보는 소마의 눈에 이채가 감돌았다.

"응?"

시선이 너무 뜨거워서일까?

제법 감이 좋은지 그녀는 소마의 기척을 알아차렸다.

"당신은 누구죠?"

그러고 경계했다.

자신의 눈빛을 피하지 않고 쳐다보았기 때문이다.

모산파의 영역인 이곳에서 저런 태도를 보일 수 있다는 것은 그만한 실력과 자신이 뒷받침되지 않고서는 불가능한 일이다.

문제는 호의적인지 적대적인지의 여부.

"웬 놈이냐!"

과연 주술로 문파를 이룬 자들이라는 것인지, 허리에 찬 검보다 부적 뭉치를 먼저 빼 들었다.

언제든지 발동할 수 있도록 몸속의 내공을 휘돌리면서.

"글쎄, 누굴까?"

그 모습을 보며 소마는 장난끼가 발동했다.

이들이 사용하는 주술을 한 번 보고 싶어진 것이다.

그러나 보여 달란다고 쉽게 보여 주지는 않을 터, 일부로 음흉하게 웃으며 탁자에서 일어났다.

"정체를 밝혀라!"

한 발 내딛자 그들은 긴장한 듯 움찔거렸다.

이만큼 자신감을 보인다는 것은 자신들의 힘을 얕보거나, 감당할 능력을 지녔다는 뜻이기 때문이다.

"관(觀)!"

"응?"

그때 가장 앞에 나섰던 사내가 소마를 향해 부적 한 장을 던졌다.

그러나 다가오지도 못하고 사용자의 코앞에서 찢겨 사라지는 부적.

소마도 순간 의아해했지만 곧 그 의미를 알 수 있었다.

"측정이…… 안 됩니다."

침음성에 가까운 목소리로 그가 일행에게 고하는 것을 들었기 때문이다.

아무래도 상대방의 역량을 알아보는 종류의 주문인 듯하다.

"또 할 건 없나?"

물론 그런 것이 소마에게 통할 리 없다.

소마가 두르고 있는 아티펙트들은 관찰을 비롯한 그에게 해가 되는 모든 종류의 주문을 방어하는 대마법 주문을 기본적으로 갖추고 있기 때문이다.

"거기 멈추세요. 더 다가온다면 적으로 간주하겠습니다."

보고를 들은 여인은 긴장하며 소마에게 최후의 통첩을 날렸다.

십대초인의 내공도 감지해 낼 수 있는 부적이 그의 힘을 측정해 내지 못했다는 것은 의아했지만 어쨌든 측정이 불가능하다는 것은 자신들의 경지를 한참 넘었다는 것으로 간주하는 것이 옳은 것이다.

언제나 적을 상대할 때는 최악을 생각하라는 기본 원칙을 그녀는 잘 알고 있었다.

가급적 그런 상대를 적으로 돌리는 일은 만들고 싶지 않았다.

"싫은데?"

저벅.

그런 그들을 놀리듯 소마는 또 한 발자국 걸음을 옮겼다.

"화(火), 출(出)!"

그러나 소마가 경고를 무시하고 앞으로 나아갔을 때, 그녀는 누구보다 먼저 부적을 날렸다.

이미 적이 되기를 각오한 자에게는 어설프게 손속을 두기보다 무자비한 공격을 퍼붓는 것이 옳다는 기본을 충실히 이행한 것이다.

"오호?"

쇠도 녹일 듯한 시뻘건 홍염으로 변해 덮쳐 오는 부적

을 소마는 피하지 않고 가만히 서서 바라보았다.

화르륵!!

"됐다!"

그리고 소마가 불꽃을 피하지 못하고 가슴팍을 내주는 순간, 누군가가 희열에 찬 목소리로 소리쳤다.

걱정한 것과 달리, 한 방에 끝이 난 것이다.

"이런 모닥불 말고 더 화끈한 건 없어?"

툭툭.

그것이 헛된 망상이라는 것을 알기까진 그리 오래 걸리지 않았다.

정확히 가슴에 불꽃을 허용한 소마가 아무렇지 않은 듯 툭툭 쳐서 털어 내며 그들을 도발한 것이다.

심지어는 잘 닦인 그의 갑옷에 작은 그을음 하나 선사하지 못했다.

"핫! 화룡출수(火龍出水)!!"

그러나 다행히도 당황해하며 상대의 정체를 다시 묻는 멍청이들은 아니었다.

처음 공격으로 끝날 기대도 하지 않았던 것처럼 바로 준비한 위력적인 공격이 펼쳐진 것이다.

"제법이긴 한데……."

아가리를 벌리고 덮쳐 오는 화룡.

제법 큰 마력이 느껴졌지만, 소마에게 위협이 될 만큼

은 아니었다.

"더 센 건 없나?"

쫘악!

소마는 다가오는 화룡의 입을 움켜쥐는가 싶더니 이내 크게 벌려 찢어 버렸다.

"헉?!"

물론 양손에 가득 마나를 담아 행한 일이었지만, 마치 물리력으로 행한 것처럼 보여 효과는 극대화되었다.

모산파의 일당은 크게 당황했고, 연이어 주문이 펼쳐지기는 했지만 조잡하기 그지없었다.

"이게 끝이라면 실망이군."

"오, 오지 마⋯⋯!"

살짝 인상을 쓰며 다가오는 소마의 얼굴이 그들에게는 악귀보다도 두렵게 느껴졌다.

"화룡출수(火龍出水)."

크아아앙─!

그때 소마가 있던 자리로 흉포한 용의 형상이 짓쳐 왔다.

"흠?"

아까의 것이 껍데기만 용인 지렁이였다면, 이번에는 제법 용의 기세를 담아낸 진짜배기였다.

그의 세계로 따지자면 6써클의 파이어 스트라이크 정도

일까?

소마로서도 쉽게 보지 못할 위력적인 모습에 빠르게 뒤로 빠지며 피해 냈다.

물론 시선과 기감은 그 주술을 읽어 내는 데 온통 쏠려 있었다.

"어미새의 등장인가?"

불이 붙을 새도 없이 재가 되어 사라져 버린 바닥을 보면서도 소마는 여전히 여유롭게 미소를 지었다.

위협적이기는 해도 치명적이지는 않다.

그걸로 그에 대한 평가가 매겨진 것이다.

"그대가 괴성이오?"

"응?"

제자들을 뒤로 물리며 등장한 중년인은 소마를 알아본 듯, 그의 별호를 언급하고 나섰다.

소마가 정말 무림괴성이라면 괴상한 짓을 하고 있는 것이긴 할지라도 적은 아닐 것이라는 판단이었다.

"글쎄?"

소마는 걸렸다 싶으면서도 쉽게 답을 내려 주지 않았지만, 중년인은 확신하는 듯 들고 있던 부적마저 품속에 갈무리했다.

싸울 의사가 없음을 밝힌 것이다.

"쳇."

그 모습에 소마도 더 이상 도발을 하거나 공격을 하지 못했다.

끝장을 보자고 나선 것도 아니었고, 그저 그들이 사용하는 주술의 구현 방식 등이 궁금했을 뿐인데 더 이상 주술을 사용하지 않는다면 이들을 제압한다 한들 의미가 없는 것이다.

"괴, 괴성……."

"괴성이 검의 대가라더니 술법을 파훼하는 데에도 일가견이 있는 줄을 몰랐구려."

모산파의 제자들도 그제야 소마를 알아본 듯 주춤거렸고, 그가 검조차 들지 않고 자신들을 상대했다는 사실에 얼굴을 붉혔다.

아무리 절륜한 고수라 한들 부적만 있다면 제법 곤란하게 만들 수 있을 것이라 자신했건만 자신들이 얼마나 오만했었는지를 깨달은 것이다.

"재미있긴 하더군."

소마가 어깨를 으쓱여 보이자 중년인도 조금은 낯빛이 굳었다.

아무리 미숙한 제자들의 능력을 선보인 것이라 하나 모산파의 술법이 그저 '재미있는' 정도의 노리개 감으로 취급받았다 느껴진 것이다.

그러나 그런 것에 경거망동할 정도로 수행이 얕지 않

았다.

상대는 명색이 무림 십일대 초인으로 꼽히는 초고수.

더구나 자신의 일격마저 아무렇지 않게 피해 내고 감흥조차 보이지 않는 자와 섣불리 척을 질 수는 없는 노릇이다.

"재미있으셨다니 다행이구려. 언제 한 번 본 파를 방문해 주신다면 더 재미있는 것들을 많이 보여 드리리다."

"오호, 그거 좋군!"

"……!"

뼈를 담아 내뱉은 자신의 말을 진정으로 흥미롭게 받아들이자 중년인은 자존심이 상했지만 지금은 때가 아니었다.

저 괴상한 위인이 모산파의 장원에 발을 들이는 순간, 술법의 진정한 무서움을 맛보게 되리라.

"돌아가자."

"예, 예. 사부."

중년인은 조금 거칠게 소마에게 예를 취한 뒤 제자들을 이끌고 객잔 밖으로 사라져 버렸다.

"모산파라……."

떠나는 그들을 보며 소마가 기묘한 미소를 지었다.

어디에 있는지는 잘 모르지만 꼭 한번 방문해 보리라 생각하면서.

"아이고, 내 가게……!"

난장판을 벌이고 홀연히 떠나 버린 그들 때문에 객잔 주인이 땅을 치고 곡을 했지만, 소마가 던져 준 은자 한 주먹에 금세 콧노래까지 부르며 다시 일에 열중했다.

자신 그들을 도발한 때문이기도 했고, 재미도 있었으니 소마가 대신 배상금을 물어 준 것이다.

*　　*　　*

자신이 그 이름 높은 괴성이라는 것이 밝혀져 버린 터라 귀찮게 된 소마는 곧장 다른 마을로 움직였다.

괜한 소문과 사람들에 붙들리느니 노숙을 하는 한이 있어도 길을 떠나는 쪽을 택한 것이다.

이미 해가 기울어 노을이 지고 있었지만 운이 좋다면 다음 마을에 닿을 수 있을 테고, 아니면 화전민 촌에서라도 잠을 청할 수 있지 않을까 하는 기대였다.

윈드 워커의 힘을 빌린다면 질풍처럼 움직여 다음 마을에 닿을 수도 있을 테지만, 어디까지나 '유람 중'인 소마였기에 그러지는 않았다.

덕분에 달이 중천에 뜨는 지금까지 산속을 헤매고는 있지만 조금의 불편함으로 자신만의 유희를 망치고 싶은 생각은 없었다.

"불빛이다."

그리고 다행히, 화전민촌의 불빛을 발견할 수 있었다.

"이건……."

그러나 뭔가 이상했다.

불빛은 있으나 사람의 기척이나 마나의 유동이 느껴지지 않는 것이다.

마법사나 무인이 아니라도 누구나 가지고 있는 자그만 마나의 기운조차 없었다.

즉, 사람이 살지 않는 화전민촌이라는 것이다.

그런데 불빛이 살아 있다? 이것은 뭔가 마을에 변고가 생겼음을 의미했다.

"봉인 해제, 윈드 워커!"

소마의 몸이 질풍이 되어 마을로 들어섰다.

마을에 들어서기도 전부터 풍겨 오는 혈향.

소마는 기감을 확장하며 흉수를 찾았다.

"저기다!"

마을 전체로 기감을 확장한 소마가 미약하게 꿈틀대는 마나를 찾았다.

"이봐요, 무슨 일 입니까?"

살아남은 자를 발견한 소마가 급히 포션을 꺼내 들었으나 이미 너무 피를 많이 흘려 소용이 없었다.

기적 같은 치유력을 보이는 포션이지만, 죽은 자를 살

리는 진짜 기적을 일으킬 수는 없는 것이다.

"……혈…… 마……."

"뭐라고요?"

"……혈…… 마…… 가…… 나타났……."

풀썩.

포션의 힘으로 겨우 입을 달싹거리던 그는 마을을 망친 범인의 이름을 내뱉고 그대로 무너져 내렸다.

"……혈마?"

그 말에 소마는 혼란스러워졌다.

혈마라면, 혈마도라면 자신이 제압하여 무당인지 선무당인지 하는 놈들에게 건네지 않았던가?

게다가 봉인 작업을 하는 것까지 두 눈으로 똑똑히 확인했고.

그렇다면 혈마가 봉인을 뚫고 도망친 것인가? 아니면 그 사이비 같은 도사들이 실수하여 벌써 봉인을 깨뜨린 것인가.

"가만, 혈마인 건 어떻게 알지?"

잠시 혼란스러워하던 소마는 곧 머리를 차갑게 식혔다.

일개 화전민이 상대가 혈마라는 건 어떻게 알아차렸을까?

"하긴, 말이 많은 놈이었지."

가만 생각하던 소마는 답을 내렸다.

그러고 보니 악명이 높은 주제에 꽤나 말도 많은 녀석
이었다.

뭔가 석연찮은 부분들이 있었지만 그 역시도 혈마와는
잠깐 부딪혀 본 것이 전부였기에 마을을 둘러보며 다른
흔적들을 찾았다.

"누구지?"

그때였다.

그리 멀지 않은 곳에서 다수의 마나가 빠르게 접근해
오는 것이 느껴졌다.

"멈춰라, 이 악적!"

슈아아앙—!

"흡."

강하게 압축된 마나가 소마를 향해 빛살처럼 쏘아졌다.

쿠과광!

경시하지 못하고 빠르게 물러나니 강한 폭발과 함께 인
접한 건물까지 무너져 내렸다.

누군지 몰라도 대단한 공력.

"이게 무슨……."

다짜고짜 목숨이 왔다 갔다 할 만큼 강력한 공격을 퍼
붓다니, 황당해하는 소마를 향해 사과 대신 두 번째 강기
가 날아왔다.

"젠장."

파츠츠츳!

· 또 한 번 건물 째 날려 버릴 듯한 강기의 폭사에 소마
도 엑셀리온을 들어 맞서 나갔다.

"합!"

황금빛 검기가 엑셀리온을 감싸자 닿기만 해도 폭발해
버릴 듯한 강기는 힘겨루기를 시작했다.

하나 소마가 기합을 넣는 순간, 빈 가죽공처럼 펑 소리
와 함께 소멸돼 버렸다.

"역시 대단하구나. 이것도 받아 봐라!"

막아 내기가 무섭게 제 삼 격이 날아왔다. 이번에는 강
기가 덧씌운 검이었다.

어느새 거리를 좁힌 상대가 쾌속한 찌르기를 시도한 것
이다.

"블링크!"

막아 내기엔 너무 현란했다.

저 공격이 모두 진짜인지는 알 수 없으나 순간적으로
모두 막기 어려움을 직감한 소마는 근거리 이동 마법을
사용해 그가 왔던 방향으로 이동했고, 불행히도 그 위치
는 그의 수하들이 있는 한가운데였다.

"헉?!"

"쳐, 쳐라!"

그들은 순간 당황했지만 단련된 고수들답게 빠르게 검

을 뽑았다.

눈으로 쫓지 못한 만큼 반응은 느렸지만, 능히 화살도 쳐 낼 법한 빠르기였다.

"쇼크 웨이브!"

그러나 한 발 빠른 쪽은 먼저 준비한 소마였다.

타이탄 건틀렛의 힘을 발동시킨 소마가 땅을 크게 내려찍자 지진과 같은 큰 충격파가 그들을 휩쓸었다.

일류 고수들은 말할 것도 없었고, 절정 고수라 해도 균형을 잃고 나자빠질 일격이다.

우당탕탕.

덕분에 검을 뽑아내던 이들은 그 자리에 꼴사납게 넘어지고, 일부는 제 몸 하나 가누지 못해 자신이나 옆에 있던 동료에게 검상을 입히는 바보짓까지 저질렀다.

"이노옴!!"

그 광경에 연기처럼 사라져 버린 소마를 뒤쫓아 돌아선 사내가 노성을 터트렸다.

소마가 자신을 피해 수하들을 해치러 간 것이라 오해한 것이다.

그러나 수하들 때문인지 좀 전과 같은 폭발적인 강기를 쏘아 내지는 못했다.

대신 보법을 극성으로 전개하여, 빠르게 그들 사이로 파고들지만, 소마는 단호하게!

……인질을 잡았다.

"이노오옴~!!"

"크, 큭. 단주님!"

역시 정파의 인물이던가?

자신에게 목줄을 틀어잡힌 자를 쉬이 공격하지 못하는 사내를 보며 소마는 더욱 사악하게 미소를 띠웠다.

"가만히 있는 사람을 공격했단 말이지?"

씨이익.

소마의 미소가 짙어지자 사내는 검을 쥔 손을 부들거리면서도 맞서지 못하고 움찔 거렸다.

"블레이드 스피릿."

차자자장.

바닥에 널브러진 검들이 어떤 의지에 의해 모여들었다.

"사, 사술이다!"

영적인 힘처럼 보이는 그 능력에 누군가 겁을 먹고 소리쳤다.

그러나 소마가 펼친 마법은 그리 간단한 것이 아니었다.

"샤프니스. 안티 매직 실드."

바람의 광폭한 의지로 만들어진 회전하는 검날에 소마는 예기를 더해 주는 샤프니스와 검기를 견뎌 내도록 안티 매직 실드를 둘렀다.

안티 매직 실드는 본디 마법으로부터의 피해를 막아 주거나 줄여 주는 용도였지만, 똑같이 마나를 사용하는 검기를 방어해 주는 용도로도 사용할 수 있었다.

"잘들 놀아 보라고."

캬캬캬캬캬—

소마의 말을 끝으로 칼날들이 기괴한 괴수의 소리를 내며 회전하기 시작했다.

"침착해라! 눈속임일 뿐이다!"

단주라 불린 사내가 수하들을 진정시켰지만 듣도 보도 못한 광경에 내몰린 이들은 손발이 어지러워졌다.

"하압!"

펑.

빠르게 물러서며 누군가 장력을 뿜어냈으나 블레이드 스피릿은 가소롭다는 듯 찢어 버렸다.

"헉?!"

"자, 장력이!"

그러자 물러서던 이들의 혼란이 가중됐다.

검기에는 못 미쳐도 큰 내공을 실어 일반 무기라면 부러뜨리고, 사람도 능히 즉사시킬 수 있는 위력일진데 고작 검날 따위에 너무도 쉽게 막혀 버린 것이다.

뿐만 아니라 자신을 공격한 게 기분 나빴다는 듯, 검날은 장력을 날린 사내를 향해 맹렬히 회전하며 돌진했다.

"피해라!"

"으윽!"

금방이라도 난자당할 것 같은 수하의 앞으로 단주라는 자가 막아섰다.

역시 예상대로 수하를 아끼는 인물인 모양이다.

"큭……."

검기를 뽑아냈음에도 잘려 나가지 않는다.

평범했던 수하들의 검이 알 수 없는 기물이 되어 버렸음을 직감한 그는 침음성을 흘리며 놈을 밀어냈다.

그러자 녀석이 화가 난 듯 더욱 강하게 회전했다.

"오너라!"

목표를 바꿔 수하가 아닌 자신을 향해 달려오는 검날을 보며 그가 호기롭게 외쳤다.

"누구 맘대로? 분리!"

챠자장.

그때였다.

그런 그의 모습을 사악하게 웃으며 지켜보던 소마가 검의 의지를 둘로 나눈 것이다.

그의 검에 쪼개지듯 둘로 빠르게 분리된 검들은 두 개의 각기 다른 회전하는 검날의 형상을 취했다.

"끄악!"

그가 당황하는 사이, 다시 모습을 갖춘 검날을 막으려

던 수하 하나가 팔에 깊은 상처를 입고 말았다.

장력과 검기로도 막을 수 없다는 생각에 제대로 내공을 끌어 올리지 못한 탓이다.

동료를 구하기 위해 몇의 인원이 힘껏 검기를 뿌리며 달려들었지만, 검날을 파괴하지는 못했다.

그 자신도 겁을 먹은 상태에서 동료를 구하기까지 견제를 위해 뿌려 낸 탓에 파괴력도 정확도도 높지 못한 탓이다.

챙챙챙챙.

두 개로 분리되며 더 빠르게 회전하는 검날은 외려 이전보다 위협적으로 느껴졌다.

워낙 빠르게 움직여 장력 따위를 뿌려서는 맞추기도 힘들었고, 맞춘다 해도 잠시 움직임을 멈출 수 있을 뿐, 타격이 있어 보이지 않아 기가 질린 것이다.

사실 소마가 입힌 마법 방어 주문에도 한계는 있어서 몇 번이고 검기나 장력 따위를 적중시킨다면 깨어지고 말 터, 하나 그들이 겁을 먹고 지레 싸우기를 포기한 탓에 효과는 컸다.

"오, 오지 마!"

"비켜라!"

콰광!

수하들의 고전하는 모습에 소마를 쫓아 이리저리 검을

휘두르던 단주라는 자가 몸을 날려 검날을 대신 막아 갔다.

그러나 단순히 막기만 하려는 것은 아닌 듯, 강기까지 잔뜩 피워 올린 상태였다.

"오, 제법인데?"

그의 검에 뚜렷하게 형상을 갖춘 검강의 모습에 소마는 손가락을 튕겨 무언가를 더 하려다가 멈추었다.

굳이 사상자를 내가며 싸울 필요가 없기 때문이다.

다짜고짜 검기를 날리고, 검을 들이댄 이들이 괘씸하기는 했지만, 오해가 있어서 그런 것일 뿐이라는 것을 알고 있었다.

"일단, 저놈부터 멈춰야겠지?"

쩌저정!

그때 검강과 정면으로 부딪힌 검날들 중 하나가 마법적 힘을 잃고 나뒹굴었다.

일부는 검신이 부러지고, 또 일부는 날이 크게 상하며 비산했으며, 그중 일부는 본의 아니게 그의 수하들에게로 날아들어 상처를 입혔다.

"사이코키네시스!"

그가 심각한 표정으로 두 번째 검날과 마주쳐 가려는 순간, 소마의 손바닥이 활짝 펼쳐졌다.

그와 함께 회전하던 검날은 개개의 검들로 분리되었다.

"무슨 짓을……."

또 무슨 짓을 할지 몰라 사내가 움찔거리는 사이, 분리된 검들은 아무 소득 없이 그의 주위로 날아 땅에 꽂혔다.

"흥, 이제 재주는 다 보였느냐?!"

다시 검들이 튀어 올라 공격을 해 오지 않을까 속으로는 긴장을 했지만, 아무 일이 없자 소마가 포기한 것이라 여기고 다시 움직였다.

아니, 움직이려 했다.

"무슨 짓을 한 거냐!"

"패럴라이즈 필드."

힘을 주어, 내공을 끌어 올려도 몸이 움직이지 않았다.

어쩐지 내공의 운용도 조금 어려워진 기분이다.

근육을 마비시키기 때문에 보다 강한 마나—내공—을 사용한다면 스스로 해제할 수도 있는 일반 패럴라이즈가 아닌, 아크론이 마나에까지 영향을 미치도록 손을 봐 둔 특별한 주문인 탓이다.

게다가 그의 주위에 꽂힌 검들을 이용해 마법을 증폭시키는 마법진을 만든 탓도 컸다.

"크윽!"

이러지도 저러지도 못하던 그는 결국 무리해서 끌어 올린 검강을 거두었다.

움직이지 못하는 상황에서 의미 없이 솟아오른 검강은

내공을 급격히 빨아들일 뿐인 것이다.

검강을 보임으로써 생기는 위압감이나 부담감 따위도 이미 상대에게는 의미가 없었다.

"누구냐, 넌……."

검강을 두려워하지 않다니!

처음에는 소마가 뭘 모르는 바보이기 때문이라고 생각했다.

아니면 자신이 사용하는 사술을 과신하기 때문일 것이라고.

검강이라면 검으로 이룰 수 있는 궁극의 경지.

본다면 누구라도 긴장하지 않을 수 없었다.

그것이 설사 열 명의, 아니, 열한 명의 초인이라 할지라도.

"글쎄? 뭐라고 생각하지?"

"혈마…… 가 아니군."

사악하게 웃으며 다가서는 소마를 보며 사내는 생각을 바꾸었다.

비록 혈마의 혈마기가 검강 못지않은, 그 이상의 위력을 내는 것으로 알려져 있지만, 아직까지 사상자를 생기지 않은 것이나 느껴지는 기운으로 보아 혈마로 생각하긴 어렵다 판단한 것이다.

소마에게서 느껴지는 기운은…… 아무것도 없었다.

마치 일반인과 같은 기운.

그것이 의미하는 바는 딱 두 가지였다.

'특별한 무공을 익혔거나…… 상상도 못할 고수!'

"이제 제법 머리가 돌아가나 보군."

머리가 식었는지 정신을 차린 듯한 사내를 보며 소마가 빙긋 웃었다.

"자, 이제 내가 물어볼 차례인가?"

퍼억!

녀석의 복부에 소마의 발이 꽂혔다.

진정은 됐지만 그가 한 짓이 있으니 꼭 말로 할 생각은 없는 것이다.

"단주님!"

"으윽!"

"내, 내 손!"

그가 무릎 꿇자 겁 없는 몇몇이 달려와 부축하려 했으나 닿기도 전에 자신의 손이 마비되는 것을 느끼며 황급히 물러났다.

그가 있는 공간 전체에 특별한 패럴라이즈 마법이 펼쳐진 터라 영역에 들어오는 것만으로도 마법의 효과를 받는 것이다.

소마처럼 대단한 아티펙트로 무장을 하거나, 대단한 고수가 내공을 잔뜩 끌어 올린 상태가 아니라면 피할 수 없는 일이다.

황급히 물러서 영역을 벗어났음에도 마비는 풀리지 않았다.

"오지 마라!"

이미 수하들은 상대가 되지 않음을 직감한 사내는 소마를 죽일 듯 노려보았다.

그런 것에 아랑곳할 위인은 아니지만 말이다.

"왜 날 혈마라고 생각했지?"

'혈마는 무당산에 봉인되어 있을 텐데' 따위의 말은 덧붙이지 않았다.

어쩌면 그들은 그 사실조차 모르고 있을 수 있기 때문이다.

누군지 또한 묻지 않았다.

그것은 별로 중요하지 않으니까.

"제보를…… 받았으니까."

"제보? 누가, 언제 제보를 했지?"

"너는…… 정말 혈마가 아닌가?"

사내의 눈빛이 흔들렸다.

자신이 가진 정보를 헤집으며 스스로도 뭔가 이상함을 느끼고 있는 것이리라.

퍼억!

그때, 또 한 번 복부를 찌르는 강한 통증이 몰려왔다.

"질문은 내가 한다."

정말 악당이라도 된 것마냥 소마는 익숙하게 그를 구타하며 말을 잘랐다.

몸을 추스른 그의 수하들이 주먹을 부르르 떨고 있었지만, 단주인 그가 인질로 잡혀 있는 상태에서 섣불리 움직일 수는 없는 노릇.

움직인다 한들 달라질 것은 없겠지만.

"두 번 묻는 것은 이게 마지막이다. 누가, 언제 제보를 했지?"

"그것은…… 맹에서 알겠지."

자신들은 맹에서 하달 받은 명령대로 움직였을 뿐이라는 것이다.

그 외에는 아무것도 모른다는, 혹은 알려 줄 수 없다는 이야기.

소마는 그의 눈을 가만히 바라보다가 고개를 끄덕였다.

"좋아. 한데 한 가지 대답을 아직 하지 않았어."

"……이각 전쯤이다."

어째서인지 그는 순순히 답을 내놓았다.

그는 맹의 충실한 일원이었지만, 어렵지 않은 대답으로 수하들을 잃고 싶지 않았고, 무엇보다 소마가 사상자를 내고 있지 않다는 사실과, 무공을 익힌 흔적은 보이지 않지만 껄렁껄렁해 보여도 꽤 정순한 내공을 익히고 있다는 느낌을 받은 탓이다.

실제로 순도 높은 마나의 기운을 이용하고, 또 두르고 있는 소마에게서는 영약에 버금가는 맑은 향과 기운이 은근하게 퍼지고 있었다.

"이각이라?"

자신이 이곳에 도착한 것이 일각 정도 되었으니 그전에 제보를 받고 달려온 것이 된다.

아마도 마을을 초토화시킨 진짜 범인을 쫓고 있던 것이겠지.

"어떤 제보였지?"

수긍은 갔으나 소마는 단정 짓지 않았다.

'의심이 갈 때는 누구도 믿지 않고, 무엇도 결론을 내리지 않는다.'

그것이 그가 배운 사고 중 하나였으니까.

"혈마가 화전민 마을을 학살하고 있다는 것이다."

그는 살짝 인상을 찡그렸다가 다시 말을 이었다.

아직까지는 말해 줄 수 있는 수위이다.

당장에 그가 혈마가 어쩌고 하면서 소마에게 달려들었으니까.

그런데 그의 말을 듣던 소마의 얼굴이 기괴하게 일그러졌다.

"그렇단 말이지?"

그리고 눈을 반달 모양으로 가늘게 떴다.

역시나 단정 지을 수는 없지만, 그의 말에서 이상한 점이 포착되었다.

단순히 혈마의 종적을 쫓는 것이 아니라 마을을 학살하고 있다는 사실을 알고 있다?

그럼 누군가가 지켜보고 보고를 올린 뒤, 이들에게 다시 명령이 하달되었다는 말인가?

이들이 움직이고 도착한 시간을 고려할 때 이각이란 시간은 그 모든 과정이 일어나기에 너무 짧았다.

백 번 양보해서 아주 빠르게 일처리가 진행되었다 해도, 그러기 위해서는 혈마가 마을에서 칼부림 하는 것을 지켜보고, 최초 보고를 올린 이가 있어야 하는데 적어도 소마 자신의 기감에는 걸려 든 이가 없었다.

"재미있군."

몇 가지 가설을 떠올린 소마는 빙긋 미소를 지었다.

움찔.

보는 이들에게는 공포스러울 뿐이었지만.

"어쨌든, 나는 아니니까 잘 찾아보도록. 사람들도 좀 묻어 주고."

그리고는 휙 돌아 마을을 빠져나가기 시작했다.

긴장하던 이들은 황당했지만 감히 쫓을 수 없었고, 멍하니 지켜보는 그들을 향해 소마는 깜박 했다는 듯 돌아서서 외쳤다.

"아참, 마비는 반 시진만 지나면 알아서 풀릴 테니 좀만 고생들 하라고!"

"바, 반 시진……!"

"대체 저자는 누구란 말인가……."

남겨진 이들이 황당하기 짝이 없었지만, 소마는 가벼운 발걸음으로 콧노래를 부르며 사라져 버렸다.

그들이 그때 본 자가 십일대 초인 중 하나이자 괴성이라 불리는 소마라는 사실을 안 것은 그로부터 수개월이 흐른 뒤였다.

제32장

모산파 대 혈마

...porte moi wagon enle...
moi fregate loin loi...
ici la boue est faite
de nos pleurs - est i...
vrai parfois que le
triste cœur d'Agath...
loin des remords des ...

무림맹에서 나온 이들을 뒤로한 소마는 결정을 내려야 했다.

이대로 걸어서 움직일 것이냐, 아니면 확실히 속도를 올려 움직일 것이냐.

이것은 기존과 같이 노숙을 하느냐 마느냐 정도의 문제가 아니었다.

"걸어오는 장난을 피할 생각은 없지만 말이야……."

그리고 마침내, 결론을 내렸다.

"장난질에 원하는 대로 놀아나 줄 생각도 없단 말이지."

탁탁.

윈드 워커의 뒤꿈치가 서로 부딪히자 강력한 바람의 기운을 일어났다.

동시에 소마의 몸은 태풍의 눈이 되었다.

주변을 찢어발기는 바람의 너무나 평온한 중심부.

소마의 의지가 더해지자 태풍은 맹렬히 움직였다.

쿠르르르르릉.

요란한 소음과 표현할 수 없을 만큼 광폭한 잔해를 남겼지만 그 효과만큼은 확실했다.

몬스터 무리가 지나간 것처럼 그가 지나온 자리는 황폐화되었지만, 이틀쯤 걸릴 거리를 반나절 만에 주파한 것이다.

"인코그니토(Incognito)"

그러고는 다시 반 시진쯤 흔적 없이 이동하고, 마을에 들어서기 전 변장 마법을 펼쳤다.

자신이 본 적 있는 불특정한 누군가로 모습을 바꾸는 마법.

길을 가다 스쳐 지나간 누군가까지 포함되기 때문에 자신도 기억하지 못하는 얼굴로 변하는 것이 일반적이었다.

혹시 몰라 얼굴을 비춰 보곤, 특출 나지 않은 누군가의 얼굴임을 확인한 소마는 만족해하며 마을로 들어섰다.

마을의 분위기는 꽤나 어수선했다.

사람들은 불안에 떨고 있고, 일단의 무리들이 순찰을 돌며 그들을 안심시키는 형국이었다.

그러나 그들 역시도 조금은 불안해하는 모습이다.

"분위기가 왜 이런 겁니까?"

객잔에 들어가 제법 괜찮은 술 한 병을 시킨 소마는 술이 나오자 병째 들고 가장 말이 많아 보이는 자들의 자리로 옮겼다.

"흠, 으흠. 떠돌이인가 보구만."

그들은 경계하며 소마를 쳐다봤지만 손에 들린 술병을 보자 반색하며 기꺼이 자리를 내주며 설명까지 곁들였다.

"요즘 혈마가 나타났다 해서 난리가 아닌가. 최근에는 여기서 멀지 않은 화전민촌 몇 군데가 떼 몰살을 당했다 하니 다들 걱정이 큰 게지."

'설마 나는 아니겠지'라는 생각으로 말을 하던 그들이었지만 이야기를 할 때만큼은 진심으로 걱정이 가득해졌다.

"더구나 그 혈마란 놈이 동에 번쩍 서에 번쩍 한다는구만. 보름쯤 걸릴 거리에 한나절 만에 나타나기도 하고. 또 다시 돌아와 며칠 만에 일을 벌이고. 마교 놈들만으로도 걱정이 태산인데, 혈마라니…… 세상이 어떻게 돌아가는 겐지 원……."

보름 거리를 하루 만에 주파하다니, 소마로서도 텔레포트를 사용하지 않고서는 어려운 믿기 힘든 일이었으나 의외로 이들은 혈마의 존재와 그에 대한 소문을 단단히 믿고 있었다.

그의 세계에서 일반인들에게 마법이란 기적과도 같은 것처럼 여겨지듯 이 세계에서도 일반인들에게는 무공이 불가능도 가능케 하는 신비한 것으로 여겨지는 탓이다.

"그런데 그놈이 혈마인 건 어떻게 아는 겁니까? 혈마를 사칭한 다른 놈일 수도 있지 않습니까."

"그거야 그놈의 수법이 워낙 독특하니 그렇지. 혈마의 도법에 당하면 이렇게이렇게……."

그들은 무림인도 아닌 주제에 혈마의 초식을 빤히 알고 있는 사람처럼 능숙하게 묘사했다.

반은 상상력이 더해진 허구였지만, 출혈이 멈추지 않고 찢기듯 잘려 나간다는 등의 사실도 포함이 되어 있어서 제법 그럴싸했는데 모르는 사람이 들으면 고개를 끄덕이며 덜컥 믿어 버릴 만큼 그들의 설명은 자세하고 생생했다.

"그렇군요……."

이야기를 모두 들은 소마는 자신의 가설을 수정했다.

그리고 핵심을 간추려 보았다.


1. 혈마가 나타났다는 것은 사실이다. 그것이 진짜이든 가짜이든 적어도 비슷한 무공이나 수법을 쓰는 것은 확실하다.

2. 혈마는 한 명이 아닐지 모른다. 보름 거리를 하루 만에 주파하다니, 진짜 혈마라는 놈도 그런 능력은 가지고 있지 않았다.

3. 누군가 혈마를 이용해 자신을 곤란하게 만들고자 했다. 어디까지나 추측이지만 혈마의 존재를 이용하여 누군가 자신이 무림맹과, 혹은 고수와 싸우게 만들고 싶어 했다.


나타났다는 혈마가 진짜 혈마인지, 그를 추종하는 세력인지, 비슷한 무공을 익힌 놈들인지 모르고 누가 자신에게 장난을 쳤는지는 모르지만 이 세 가설은 제법 가능성이 높은 것들이었다.

소마는 무당산으로 가 혈마도의 봉인을 확인하고 싶은 생각도 들었지만 그것에는 큰 문제가 있었다.

……거기까지 가기엔 너무 귀찮았다.

만약 간다해도 무당산의 노친네들이 귀찮게 할 것이 뻔하기도 했고.

"뭐, 마인을 색출하는 과정에서 깨졌을 수도 있지."

때문에 소마는 속편하게 생각하기로 했다.

"모두 동작 그만!"

그때, 객잔 문을 박차고 들어오는 한 무리의 인원이 있었다.

"응?"

어디선가 본 듯한 복장. 소마가 고개를 갸웃거리자 같이 앉아 있던 이들 중 하나가 황급히 손을 저으며 소마를 불렀다.

"이크! 눈 마주치지 말게! 모산파야, 모산파."

"엥? 눈도 마주치면 안 됩니까?"

"예끼, 알 만하게 생겨서 큰일 날 사람이구만. 여기는 모산파의 앞마당 아닌가. 괜히 저들의 눈 밖에 났다간 경을 칠걸세!"

"에이, 그래도 관이 있는데 무고한 일반인을……."

"자기 앞마당에서는 관도 어쩔 수 없는 게 무림 문파가 아닌가. 그런 소릴랑 말고 어서 눈을 돌리게!"

그들은 소리를 죽일 뿐 아니라 몸도 납작 엎드렸다.

너무 과장된 것이 아닌가 살피니 그들뿐 아니라 모두가 그러고 있었다.

마치 죄진 사람들 마냥.

"거기, 시끄럽다!"

"죄송합니다요, 나으리."

덕분에 탁자 위에 온전히 허리를 펴고 있는 것은 소마뿐이었다.

그런 소마 쪽을 향해 모산파의 일당들은 날카로운 목소리로 지적하고 다시 장내를 둘러보았다.

"이곳에 혈마가 있다는 첩보를 입수했다. 어서 모습을 드러내라."

몸을 낮추며 그들이 하는 양을 지켜보던 소마는 속으로 욕지거리를 내뱉었다.

'젠장, 또인가?'

따라붙는 시선을 따돌리기 위해 윈드 워커의 힘까지 전력으로 개방했건만 어떻게 알았는지 이번엔 모산파가 시비를 걸어 온 것이다.

그러나 소마는 자신이 변장 마법을 펼친 상태라는 것을 생각하며 일단 앞으로 나서지 않았다.

그들이 변장 마법까지 알아본 것인지 확인하고 싶은 것이다.

"달아날 생각을 해도 소용없다. 이미 이 객잔의 주위에는 독문의 금쇄진이 펼쳐져 있으니."

그들은 독안에 든 쥐를 잡았다는 듯, 자신만만하게 소리쳤다.

아까부터 객잔 주위의 마나가 조금씩 뒤틀린다 생각했

더니 아무래도 몰래 진법을 펼친 모양이다.

"애들 썼군."

차례로 펼친 것도 아니었다.

소마가 느낀 대로라면 모든 준비를 끝내 놓은 뒤 상대가 눈치채지 못하게 일시에 진법을 발동시킨 것이다.

그것만 보아도 이들이 상당한 공을 들였음을 알 수 있다.

"그래 봤자긴 하겠지만."

이전에 붙어 본 경험에 따르면 이들의 술법이 자신에게 위협이 되는 수준은 아니었다.

아니, 술법 또는 마법을 사용하는 이들 중 소마에게 위협이 될 수 있는 존재는 단 하나, 드래곤뿐이리라.

물론 위협이 된다는 것이지 무조건 진다는 것도 아니다.

스승인 아크론은 이미 인간도 뭣도 아닌, 존재를 초월한 자이니 논외였다.

"어디…… 응?"

저들이 더 깽판을 치기 전에 나서 볼까 생각하는 소마보다 먼저, 어디선가 비릿한 웃음을 흘리며 나서는 이가 있었다.

"크크크큭. 부적쟁이들이 나선 건가?"

푸확!

동시에 옆에 있던 자의 목이 날아갔다.

"꺄아아악!!!"

"사, 사람 살려!!"

"혈마다!!"

봉인이 풀리듯 풍기는 비릿한 기운.

주위가 아비규환으로 변하고 놈은 만족스런 미소를 지었다.

혈마라는 이름답게 주변에 피가 낭자해지자 기분이 좋아진 거 같았다.

"잉?"

옆에서 덜덜 거리며 떨고 있는 자들과 다르게, 소마는 그런 그를 놓치지 않고 바라보며 고개를 갸웃거렸다.

혈마라 칭하고는 있으나 자신이 알던 그 혈마기와는 꽤 많이 다른 것이다.

"역시 짝퉁이었군."

냉정히 평가했다.

피에 담긴 정기를 취한다는 점에서는 혈마기와 비슷했다.

그래서 느껴지는 기운도 얼핏 혈마기를 닮아 있는 것이 사실.

그러나 녀석의 기운은 뭔가 불안정했다.

혈마도에 담긴 기운이 피에 대한 순수한 갈망과도 같다

면, 놈은 그저 살인마의 광기에 지나지 않는달까?

평가를 마친 소마는 몸을 숙이고 느긋이 그들을 지켜보았다.

어차피 그들이 쳐 놓았다는 결계 때문에 밖으로 달아나지 못하는 이들 틈에 섞이니 꽤 전망 좋은 자리에서 구경을 할 수 있었다.

"감히 모산파의 인근까지 활보하다니 배짱도 좋은 놈이구나. 어디 실력도 그만큼 좋은지 볼까?"

휘리릭.

모산파의 술법가들은 일제히 부적을 꺼내 들며 언제든 술법을 펼칠 준비를 했다.

"쯧쯧."

그 모습에 소마는 단호히 혀를 찼다.

자신이라면 저렇게 쓸데없는 말을 풀어 놓을 시간에 더 강한 술법이나 함정을 파기 위해 바삐 움직일 텐데, 이들은 그저 자신들의 앞마당에 온 자에 대한 분노와 술법에 대한 자신감으로 귀중한 준비 시간을 버리고 있는 것이다.

더구나 문제는 그 순간에도 놈은 주변의 민간인들을 해하며 피를 취하고 있다는 것이다.

기사와 마법사처럼 칼을 든 자를 상대로 먼저 달려들지 않는 것이 상식이기는 하지만, 이처럼 피를 이용한 힘을 사용하는 상대에게 충분한 피를 취할 시간을 주는 것은 바보짓에 지나지 않았다.

"우릴 무시하는 것이냐! 이놈!!"

"킁."

모산파의 술법가들은 끝까지 자신들에 대한 모욕만을 생각하며 덤벼들었다.

"크크, 왔느냐!"

"폭렬(爆裂)!"

혈마를 제압하러 온 다섯 중 선두에 선 자가 석장의 부적을 동시에 날렸다.

종이라고는 생각되지 않을 만큼 빠르게 날아가는 부적.

그것들이 가짜 혈마를 중심으로 위치하는 순간, 놀라운 위력의 폭발이 일어났다.

쿠과광!

"풍(風)!"

폭연에 시야가 가리자 뒤따르던 이들 중 하나가 재빨리 바람을 일으켰다.

"헉?!"

"방(防)!"

그때 붉은 빛줄기가 타격한 장소로부터 뻗어 나왔다.

"쳇, 아쉽군."

주변의 시체와 피를 이용해 폭발을 견뎌 낸 가짜 혈마

가 그들이 멈칫한 사이 도를 날린 것이다.

어느 정도의 타격을 감수하고 단 한 번의 기회를 노렸지만, 모산파 역시도 만만치 않았다.

대비하고 있던 누군가가 술법으로 공격을 비껴 낸 것이다.

급히 사용한 터라 완벽히 막아 낼 위력은 아니지만, 심장을 베려던 도를 어깨로 대신 받아 낼 정도는 되었다.

"크윽!"

덕분에 왼쪽 어깨를 못 쓰게 된 자는 빠르게 뒤로 물러서며 남은 한쪽 팔로 부적을 뿌려 댔다.

"가소롭군!"

일단은 동료의 안전이 우선이기에, 다른 자들 역시도 일격을 먹이기보다 견제를 하는 데 중점을 두었다.

때문에 날아드는 공격의 수는 많았지만 위력은 반감되었다.

"받아라, 선물이다!"

그 틈을 놓칠 혈마가 아니었다.

제법 전투 경험이 많은 것인지 강한 일격으로 잔 공격들을 일거에 걷어 낸 녀석은 주변에 있던 시체를 들더니 강한 일격으로 그들에게 날려 보냈다.

"오호?"

그 모습에 소마가 눈을 반짝였다.

모산파의 멍청이들은 대수롭지 않게 몸을 틀어 피해 내고 있지만 그의 눈에는 보이는 것이다. 놈이 사용한 수법이 무엇인지.

"큭큭큭, 멍청이들."

"……?"

시체를 쏘아 낸 사이 생긴 틈으로 재차 공격을 퍼붓는 술법가들에게 조소를 날린 혈마는 가볍게 손을 쥐었다 펴는 시늉을 했다.

푸확!!!

그러자 시체가 갈가리 찢기며 사방으로 피를 뿌렸다.

시체 속에 담은 혈마기에 의해 시체가 여섯 조각으로 찢기며 터져 나간 것이다.

"크흑!"

졸지에 피를 잔뜩 뒤집어쓴 술법가들은 재빨리 피를 닦으며 혈마를 찾았다.

"이제부터 다시 시작해 보지."

혈마는 그동안 달아나거나 별다른 공세를 취하지 않았다.

다만 훨씬 여유로운 모습으로 그들에게 음산한 기운을 풍겨 낼 뿐이었다.

"무슨 꿍꿍이……?!"

"이, 이런⋯⋯!"

재차 공격을 날리려던 술법가들은 마침내 상황을 깨닫고 낯빛이 파리하게 질렸다.

부적들이 피에 젖어 버린 것이다.

그냥 젖은 것뿐이라면 상관없었다. 문제는 일반 액체가 아닌, 피에 젖었다는 것이다.

부적에 특별한 힘을 불어넣기 위해 사용하는 것은 먹이 아닌 피.

닭 피는, 소 피든, 돼지 피든, 아니면 사람의 피든.

사용하는 피의 종류에 따라 위력이 달라지긴 하지만, 어쨌든 피를 이용해 술법의 수식을 심는 것이었다.

그런데 피에 젖어 버렸으니, 부적에 새겨진 술식들이 모두 엉망이 되고 지워져 버린 것이다.

아무래도 이 혈마란 녀석은 술법가와 많이 상대해 본 녀석 같았다.

"제길!"

채앵!

그제야 혈마의 속내를 깨달은 이들은 급히 허리에 찬 검을 빼어 들었다.

"이거 재밌는데?"

그 모습에 소마가 또 한 번 웃었다.

그들이 꺼낸 검은 다름 아닌 목검인 것이다.

물론 평범한 목검은 아니었다.

가장 단단하다는 나무 중 하나이기도 하겠지만 정말 특별한 이유는 따로 있었다.

"이 세계의 아티펙트라……."

그들의 목검에는 알 수 없는 문자들로 이루어진 특별한 수식이 적혀 있었기 때문이다.

아마도 나무로 된 검이 강철검과 검기를 견디도록 강화하고, 또 타격을 줄 수 있도록 하는 특별한 주문일 것이다.

소마는 즉시 기감을 개방하여 그들의 목검에서 흘러나오는 마나의 파장을 쫓았다.

"개방!"

목검의 힘이 개방되자 혈마의 표정이 살짝 일그러졌다.

그들이 지닌 목검에는 강화의 효과 이외에 사이한 기운을 멸하는 도가의 보검과 같은 기운이 서려 있는 것이다.

물론 정말 보검이라서가 아니라 주술을 통해 입힌 힘이었다.

"뇌전이라…… 괜찮지!"

마를 멸하는 번개의 힘이었다.

뇌전의 기운을 담아 혈마기에 맞서는 것이다.

뇌전의 기운은 다루기가 까다로워 그렇지, 마기와 상극을 이루는 데다 파괴력 또한 으뜸으로 꼽히는 속성.

"흥, 부적쟁이 따위가!"

그러나 혈마 역시 지지 않고 맞받아쳤다.

그들이 상극의 기운을 들고 나왔다지만 검술에 있어서는 절대적 우위라 자신하는 것이다.

쩌정!

쇠로 만든 도와 나무로 만든 검의 부딪힘이라고는 생각되지 않는 소리와 함께 난전이 펼쳐졌다.

오 대 일의 승부. 비록 한 명의 팔이 정상은 아니었지만, 검을 쓰는 것은 오른손이니 거들 정도는 되었다.

그러나 그가 자신한 것처럼 병장기에 대한 숙련도 차이가 너무 컸다.

다섯은 혈마를 포위하듯 에워싸고 공격을 가함에도 좀체 틈을 만들지 못했고, 오히려 억지로 공격을 가하며 서로가 당하는 것을 막아 내는 수준이었다.

"날파리 같은 것들."

수적 우위라는 장점을 최대한으로 활용하고 있는 이들에게 짜증이 났는지 혈마는 회전하며 검을 뿌리치며 높게 뛰어올랐다.

"혈뢰폭우!"

"헉?!"

"피해라!"

순간, 혈마의 도에서 핏빛 검기가 뿜어져 나왔다.

쿠과과광—!

순식간에 객잔이 초토화되었다.

다섯 술법가들은 핏빛 기운을 피하며 침식당하지 않기 위해 애를 썼고, 덕분에 애꿎은 일반인 몇이 대신하여 생명을 빼앗겼다.

"크핫하하!!"

또다시 피를 본 혈마의 기세가 올랐다.

곧바로 이어진 다섯의 공격은 여전히 매서웠지만, 코를 통해 느껴지는 혈향이, 피의 정기가 그에게 힘을 주고 있는 것이다.

"피가, 더 필요해."

다시 격전을 펼치던 혈마가 급작스럽게 몸을 틀었다.

더 많은 피를 위해, 더 강한 힘을 위해 몸을 낮춘 민간인들을 공격하는 것이다.

"안 돼!"

그러나 다섯 술법가들은 그를 잡지 못했다.

술법이 없는 순수한 무력에서는 자신들을 뿌리치는 혈마를 막아 낼 방도가 없는 것이다.

그나마 진법을 통해 바깥으로 나가지 못하도록 막아 두었기 망정이지, 그가 달아나고자 한다면 막을 방법이 없는 게 사실이다.

"크큭, 겁먹지 마라. 금방 끝나니까!"

"어떻게…… 지?"

혈마가 노린 먹잇감은, 공포에 젖어 몸을 낮추지도 못하고 멍하니 서있는 멍청이와 그 주변에서 몸을 낮추라 손짓하는 자들이었다.

스릉!

텁.

"……?!"

"어떻게 그 기술을 사용하는 거지?"

다음 순간, 혈마는 경악을 금치 못했다.

먹잇감으로 생각한 사내에게 자신의 발도술이 막히고, 맨손으로 잡힌 도를 옴짝달싹 할 수 없는 것이다.

"큭, 혈마기!"

위기를 느낀 혈마가 혈마기를 개방했다.

도를 타고 흘러드는 핏빛의 기운!

놀랍게도 혈마기는 도를 움켜쥔 사내, 소마에게 닿자마자 달아나듯 역주행을 해, 외려 주인을 공격했다.

"크, 크악?!"

자신의 혈마기에 고통스러워하는 혈마를 보며 소마는 다시 한 번 물었다.

"네가 어떻게 그 기술을 사용하느냐 물었다."

"그, 그야, 내가 혈마…… 크아아악!!!"

자신을 혈마라 주장하는 가짜 혈마는 더 큰 고통에 몸

부림을 쳤다. 소마가 자신의 마나를 놈의 혈마기에 공명 시켜 역전 현상을 일으킨 것이다.

마나를 지배하는 소마가 아니고선 생각조차 할 수 없는 기예다.

"같은 말 자꾸 하게 하지 마라."

소마는 예민한 말투로 날카롭게 대꾸했다.

그가 사용한 초식은 분명 '진짜 혈마'가 사용한 것과 같은 것이다.

"저, 정말 내가 익힌……. 크아아아아악!!"

물론 사용된 기운의 본질이 달라 같은 위력이나 효과를 보기는 어려웠지만, 적어도 초식만큼은 진짜였다.

"버티겠다면 어쩔 수 없지."

오로지 소마만이 알 수 있는 사실.

때문에 듣고 싶은 말이 나올 때까지 고문에 가까운 소마의 수법은 계속됐다.

감히 모산파의 다섯 술법가는 끼어들 생각조차 하지 못했다.

일 수에 혈마의 도를 제압하고 고문을 가하는 소마의 모습에서 이미 자신들과 격이 다름을 깨달은 것이다.

대신 변명거리는 짜내기 시작했다.

모산파의 본산이 있는 마을인 이곳에서 자신들에게 위해를 가할 수는 없겠지만, 민간인들을 위험에 노출시키고,

죽음을 아무렇지 않게 여긴 잘못은 분명 있는 것이다.

만약 소마가 정의를 부르짖는 꼬장꼬장한 성격이라면 상당히 곤란해질 수 있으리라 판단했다.

"아직도 같은 생각인가?"

"……진짜…… 내가…… 익힌……."

털썩.

혈맥이 가닥가닥 끊어지는 고통 속에서도 가짜 혈마는 끝까지 자신이 익힌 독문초식임을 주장했다.

스스로의 기운에 잠식당해 죽는 그 순간까지.

적어도 그가 알고 있는 한도 내에서는 진실이라는 뜻이다.

그렇다면 이자가 어떻게 혈마의 무공을 익히게 되었을까, 혈마기를 통해서만 전수되는 그 기이한 무공을.

"모산파의 한상휘입니다."

"이상하단 말이야……."

혈마가 쓰러지자 조심스레 모산파의 일당들이 조심스레 다가와 말을 걸었지만 소마는 그들을 깡그리 무시하고 혼자만의 생각에 잠겼다.

"흠흠, 모산파의 한상휘입니다."

힐끗.

다시 한 번 말을 건넸지만 돌아온 것은 가벼운 눈 흘김이 전부였다.

노골적인 무시.

소마의 행동에 그들의 얼굴이 시뻘겋게 달아올랐지만 부적도 모두 잃은 상태에서 함부로 대할 수는 없었다.

"덕분에 많은 이들이 목숨을 구했습니다. 대인의 존함을 듣고 싶습니다."

누가 봐도 소마가 더 어려 보였지만 그들은 그것을 내공 수위에 의한 것으로 생각했다.

자신들 다섯이 덤벼도 쉽게 제압하지 못한 상대를 이렇게 간단히 제압할 정도라면 실제론 오랜 시간 수련을 쌓을 이일 것이라 여긴 것이다.

그렇지 않고서는 상대가 아무리 고수라 해도 이만큼 저자세로 나오진 못했을 것이다.

"니들 얼마 있냐?"

그들이 다시 한 번 숙이고 나오자 소마는 귀찮다는 듯 드디어 입을 열었다.

"예?"

그러나 나온 말은 다소 황당하기까지 한 것이었다.

얼마 있냐니? 이게 무슨 뜻일까?

술법을 연구하는 지장들인 만큼 빠르게 머리를 굴려 봤지만 아무래도 답은 나오지 않았다.

그때, 소마가 그들의 생각을 정리해 줄 한마디를 던졌다.

"다 내놔."

"예에??"

이게 무슨 뜬금없는 소리란 말인가?

이자가 산적, 아니, 강도라도 된단 말인가?

그들은 머릿속으로 녹림채주들의 얼굴을 훑었지만, 소마와 같은 자는 없었다.

"네놈들 때문에 죽은 사람들과 박살 난 객잔의 수리 비용. 설마 그냥 갈 생각이었나?"

"아, 아닙니다."

소마의 위압적인 모습에 그들은 분해하면서도 어쩔 수 없이 각자 주머니를 끌렀다.

"이자는 저희가 데려가도……."

그러면서도 이득은 챙기려는 것인지 주검이 된 혈마를 가리켰다.

돈 주머니를 털리는 것이 아닌, 일종의 거래처럼 상황을 만든 것이다.

소마는 빤히 보이는 수작에 코웃음이 났지만, 혈마의 시체를 그들의 품으로 던지는 것으로 대답을 대신했다.

"그럼 저희는 이만……."

"잠깐."

혈마의 시체를 챙겨 사라지려 하는 그들을 소마가 다시 불러 세웠다.

"왜……."

"모자라."

"옛?"

"모자란다고."

소마는 은자를 꺼내고 텅텅 비어 버린 비단 주머니를 거꾸로 탈탈 털어 보였다.

"저, 전부 드린 겁니다."

이제 무슨 강짜인가.

다짜고짜 돈주머니를 빼앗더니 이젠 모자란다고 떼를 쓰다니.

은자가 적다면 말이나 않겠다.

다섯의 주머니를 모은 은자는 서른 냥이 넘었고 열 냥짜리 전표도 몇 장이나 되었다.

"넌 사람 목숨값이 얼마라고 생각하지?"

"그건……"

한상휘는 말문이 막혔다.

그 정도면 충분하지 않느냐고 말을 하려 했지만, 이런 질문을 받자 대꾸 할 수 없게 된 것이다.

실제의 생각이 어떠하든 답을 할 수 없게 만드는 외통수다.

"저놈에게 죽은 사람 수만 열이 넘는다. 그런데 정말 이걸로 충분한가?"

"대협께서도……"

"내가 일찍 끼어들지 않아서다?"

소마가 눈썹을 꿈틀거리며 억울한 듯 입을 여는 그의 말허리를 잘랐다.

"내가 왜 그래야 하지? 멀쩡히 밥 먹는 놈 가둬 놓고 칼부림하도록 부추긴 게 누군데?"

맞는 말이다.

그들이 벼랑으로 몰지 않았다면 그 혈마라는 놈이 이곳에서 칼부림을 했을까?

한상휘는 오늘 잡지 않았다면 더 큰 사건이 일어났을 것이라 반박하고 싶었지만 차마 입을 열 수 없었다.

더 말을 해 봐야 자신들의 모습만 궁색해질 뿐이고, 그것은 곧 모산파에 대한 민심과도 직결될 것임을 알기 때문이다.

"자, 그럼 얼마를 낼 거냐."

"위에 보고를 올리겠습니다. 그건 제 권한 밖······."

결국 한 발 빼기로 결정하는 한상휘였지만, 이리 어중간하게 끝낼 소마가 아니었다.

"좋아. 네가 결정할 수 없는 일이라 이거지? 그럼 그 윗대가리들에게 직접 물어보면 되겠군. 가자!"

"가······ 다니요? 어딜 말입니까?"

"어디긴, 모산판지 뭔지 하는 너희들 집이지!"

제33장

모산파 최강의 술법

...porte moi wagon enlève

moi fregate loin loin

ici la boue est faite

de nos pleurs - est il

vrai parfois que le

triste cœur d'Agathe

loin des remords des ...

객잔 내 일반인들의 응원을 잔뜩 받으며 모산파의 일당들을 앞세워 떠난 소마는 곧장 마을의 뒤쪽에 있는 산으로 향했다.

모산파의 본 파를 향해서였다.

한상휘들은 똥 씹은 표정이었지만 반대로 소마는 즐겁기 그지없었다.

사실 이 일은 핑계에 지나지 않았다.

그렇지 않아도 술법이란 것 때문에 한 번 들러 볼 생각이었는데, 이 세계의 아티펙트까지 접했으니 마법사로서 호기심이 동하지 않을 수 없는 것이다.

과연 '술법의 본산'이라고도 불리는 만큼 정문을 향해

가는 길목 길목에 은근한 마법적 기운들이 느껴졌다.

기본적으로 적의를 감지해 내는 감지 마법 종류의 술법이 깔려 있었고, 산에 오르는 이를 옭아매기 위한 덫 형태의 마법도 간간히 느껴졌다.

한상휘들을 앞세웠기에 무사통과하고 있었지만, 만약 소마가 홀로 이곳을 오르려 했다면 아마 이 술법들의 격렬한 저항을 받았을 것이다.

"오셨습니까."

"가셨던 일은 어떻게……."

정문에 다가가니 한상휘를 알아본 문지기들이 아는 체를 했다.

그가 본 파를 떠난 이유가 혈마를 잡기 위함임을 잘 알고 있는 것이다.

본래라면 물어보는 것이 실례가 될 수도 있었겠지만, 한쪽에 널브러진 시체를 매고 있는 것에 좋은 예감을 한 것이다.

"잘되었다, 장로님은?"

"들어가시면 금방 알리겠습니다. 아마 크게 기뻐하실 겁니다."

한 명이 문을 열고 또 한 명이 안으로 바삐 달려갔다.

한상휘의 스승이자 모산파의 장로인 구백희에게 이 기쁜 소식을 알리기 위함이다.

그들의 생각과 달리 큰 혹을 달고 온 한상휘의 얼굴에는 수심이 가득했지만 모두 피곤해하는 것으로만 여겼다.

"오오, 상휘야. 해냈구나!"

소식을 들은 구백희가 한달음에 달려 나왔다.

"자, 장문인을 뵙습니다."

혈마라는 거물을 해치웠다는 사실에 장문인까지 대동한 채였다. 이것으로 모산파의 위상이 크게 올라갈 것이기 때문이다.

"으흠……"

소마는 멀리서 다가오는 그들을 분석하기 시작했다.

그들이 두르고 있는 옷부터 차고 있는 무기까지.

기감을 최대한으로 개방하여 두르고 있는 모든 것에 대한 마나의 파장을 감지한 소마는 무척 흥미로운 표정을 지었다.

"헛! 저, 저분 얼굴이……!"

그때 소마의 변장 마법의 효력이 끝이 났다.

"웬 놈이냐?!"

한상휘들의 공을 치하하기 위해 다가오던 장문인을 비롯한 장로와 제자들은 일제히 소마를 에워싸고 금방이라도 제압할 자세를 취했다.

"엥? 벌써인가?"

그러나 소마는 그다지 당황하지 않았다.

생각보다 빨리 마법이 풀리긴 했지만, 그렇다고 해서 절체절명의 위기라든가 하는 일 따위는 없는 것이다.

"다, 당신은…… 괴성!"

그때 누군가 비명 같은 외침을 내질렀다.

일전에 본 적 있는 여인이다.

"그 실력으로 제법 위치가 되는 모양이군."

나름대로 지위가 되는 이들만 모인 것 같은데 그 틈에 끼어 있다는 것이 놀랍다는 듯 소마가 중얼거렸다.

모닥불만 못한 불꽃이나 피워 대던 실력으로 이곳에 있다니, 모산파에 대해 살짝 실망까지 생기려 했다.

"십일대 초인의 자리에 오른 무림괴성, 본인이 맞소?"

"뭐, 그렇게도 부릅디다."

움찔.

자신들의 장문인에 말버릇을 함부로 하는 소마에게 금방이라도 출수 할 듯 모두가 움찔거렸지만 멋대로 나설 수는 없었다.

이곳이 자신들의 본거지라고는 하나, 상대는 무림에서 가장 강하다는 열한 명의 초인 중 한 명. 더구나 무엇 하나 내력이 명확히 밝혀진 바 없다는 괴성이었다.

이곳에서 싸운다면 지지는 않을 것이라 자신했지만, 피해 역시 적지 않게 각오해야 할 터였다.

"이곳엔 어쩐 일이오?"

장문인의 물음에 한상휘들의 몸이 파르르 떨렸다.

설마하니 십일대 초인 중 하나라니, 그것도 괴성이라니!

종잡을 수 없는 제멋대로의 성격이라는 그가 자신들의 이야기를 부풀려 이야기하기라도 한다면 일은 걷잡을 수 없이 커져 버릴지 몰랐다.

기습이라도 해서 입을 막아야 하나? 포기해야 하나? 이젠 모두 끝인 건가?

털썩.

저도 모르게 혈마의 시신을 떨어뜨릴 만큼 당황하는 그와 살짝 눈을 맞추며 소마는 자신의 목적을 밝혔다.

"겸사겸사……. 술법이란 걸 구경하러 왔소."

"……구경?"

선뜻 이해가 가지 않는다는 듯한 표정. 소마는 혀를 차며 다시 말을 이었다.

"이곳에서 쓰는 술법이라는 것이 꽤 재미있어 보이더군. 마침 한번 들르라고 한 사람이 있어서 구경 와 봤소."

"모산파의 술법을……. 한낱 구경거리로 생각하고 왔단 말이오?"

순간 장문인의 주위의 땅이 갈라져 나갔다. 분노한 그

의 내공이 저도 모르게 발산된 것이다.

거기에 기죽을 소마가 아니었다. 오히려 한 번 더, 그의 성질을 건드렸다.

"아, 이 녀석들을 보니 재밌는 장난감도 있는 것 같더군."

이번엔 목검을 가리키며 말했다.

일촉즉발.

십일대 초인과의 격돌이 있을지 모른다는 생각에 모두 긴장하며 품속의 부적으로 손을 옮겼다.

"하하하하!"

그때 장문인이 큰 웃음을 터트렸다.

"엥?"

당황스럽기는 소마도 마찬가지였다.

화를 내라고 성질을 건드려 놨더니 웃어 버리다니? 예상과 다른 반응에 뚱한 표정을 지었다.

"제자들의 수련이 아직 많이 부족한 모양이오, 백 장로."

"죄송합니다, 장문인."

옆에 있던 장로 하나가 그의 웃음 속에 담긴 불편한 심기를 읽고 넙죽 엎드렸다.

"초인으로 불리는 괴성께서 보는 것만으로 만족하실 리는 없을 테고, 어디 한 번 직접 경험해 보시겠소?"

'이거였군.'

이어 제안하는 장문인의 말에 소마는 피식 웃음을 지

었다.

호탕하게 받아들이는가 싶더니 속으로 꽁해 있는 상태인 것이다.

이 제안을 받아들이면 아마 전력을 다해 자신에게 망신을 주려 하겠지.

"그거 좋군."

애초에 원하던 바였기에 거절할 이유는 없었다.

"수련장으로 갑시다."

소마가 수락하자 장문인은 굳은 얼굴로 몸을 돌렸다.

그런 그를, 소마는 이렇게 평가했다.

"꽤나 속 좁은 노인네로군."

술법가를 마법사와 같은 개념으로 생각했을 때, 그 자부심과 자존심은 이해하지 못할 바가 아니었지만, 그의 행동에 반응하는 다른 이들의 모습을 보니 평소에도 얼마나 옹졸한 영감인지 알 수 있었다.

"호?"

수련장이라기에 일반의 연무장과 같이 생각했던 소마는 술법에 특화되어 잘 갖추어진 수련장의 모습에 꽤 흥미를 보였다.

과녁이 되는 허수아비나 과녁판에는 제법 강한 방어의 술법을 걸어 쉽게 파괴되는 것을 막고, 단계별로 힘 조절과 정확도 조절 등, 일정한 과제를 달성해 나갈 수 있도록 도구들이 준비되어 있었다.

마치 그의 세계에서 배틀 메이지를 양성하는 아카데미와 같은 모습이다.

"제법인걸?"

검을 들고 설치는 무공이 주류, 술법은 비교적 천대받는 세상이다 보니 수련장이라 해도 주먹구구식으로 만들어 놓았을 것이라 생각했건만 제법 소리가 절로 나올 만큼 훌륭했다.

"장문인을 뵙습니다."

그들이 들어서자 수련을 위해 나와 있던 제자들이 일제히 허리를 숙여 인사했다.

꽤나 기합이 들어간 모습.

장문인에 대한 두려움도 얼핏 느껴지지만 어쨌거나 합격점을 줄 만했다.

"재미있어 보이는군."

소마는 '어떠냐?'라는 장문인 등의 눈빛을 외면하며 오히려 그들이 수련 중이던 부적술에 관심을 보였다.

초급자용인지, 사용자의 실력이 일천한 탓인지 약한 마나의 기운이 느껴졌지만, 한쪽에 노란 부적을 잔뜩 쌓아 놓고 수련하는 그들의 모습이 제법 흥미로운 탓이다.

소마의 세계에서는 촉매가 필요한 마법의 경우 워낙에 고가의 재료가 들어가다 보니 아무리 간단한 것도 마음

놓고 쓰기 어려웠는데, 이곳의 부적은 생산 비용이 그다지 들어가지 않는 것인지 한가득 쌓아 놓은 모습이 인상적이었다.

아니면 이들이 생각보다 엄청난 부를 축적하고 있거나.

그의 세계에서도 그나마 귀족 출신의 마법사들은 연구비며 시약비를 넉넉하게 사용하는 편이었으니까.

"한 번 해 봐도 되나?"

"아무나 할 수 있는 게 아니오만."

"그거야 해 보면 알겠지."

피식.

소마의 물음에 모두가 비웃음을 지었다.

술법이라는 것이 굉장히 난해하고 고차원적인 것이라 단순히 내공이 높다고 해서 쉽게 따라할 수 있지 않은 것이다.

"그러시오."

만류귀종이라고는 하나 술법과 무공은 애초에 그 궤를 달리하는 것이었고, 설사 십대초인이라 할지라도 바닥에 종이나 뿌리게 될 것이라는 예상이었다.

그들의 반응은 냉담했지만 이미 소마의 관심은 온통 부적으로 향해 있었다.

"어디 보자……."

제자들이 자리를 비키고, 똑같은 그림이 그려진 한 무

더기의 부적 뭉치 앞에 선 소마는 무작정 마나를 일으키지 않고 부적을 이리저리 뜯어 보았다.

"풋."

처음 보는 장난감을 만난 아이 같은 그 모습에 누군가 참지 못하고 웃음을 터트리기도 했지만 발동이 걸린 소마의 탐구욕은 그칠 줄을 몰랐다.

"킥킥."

화륵!

이리 보고, 저리 보고. 눕혀서 보고, 거꾸로 보고.

한참을 뜯어보던 소마가 뒤늦게 마나를 일으키자 손에 들린 부적은 손 위에서 그대로 타 들어가 버리고 말았다.

"오호."

그러나 소마는 거기서 멈추지 않았다.

또 하나의 부적을 집어 들더니 또다시 마나를 일으켜 태워 버렸고, 서너번쯤 반복하거니 알았다는 듯 고개를 끄덕였다.

"이게 문제군."

스윽.

주르륵.

그리고는 자신의 손가락을 베어 일부러 피를 냈다.

"……?"

깜짝 놀라는 모산파의 제자들.

그들의 시선을 아랑곳 않고 소마는 손가락을 놀려 부적에 어떤 문양을 추가했다.

"이 정도면 되겠군."

만족스러운 듯 부적을 쳐다본 소마는 장문인들을 향해 방긋 웃어 준 후 아무도 없는 방향으로 부적을 날렸다.

"집어삼켜라. 그랜드 파이어."

순간 부적이 바윗덩이만 한 불꽃으로 변했다.

"……?!"

"헉!"

"저, 저게 뭐야?!"

그러고는 초고열을 내뿜으며 맞닿는 모든 것들을 녹여 버렸다.

술법에 저항할 수 있는 부적을 붙여 놓은 것들도 예외가 없었다. 맞닿는 모든 것을 지워 버리겠다는 듯, 녀석은 붉은 혀를 날름거리며 끝을 모르고 뻗어 갔다.

"……"

저런 엄청난 부적이 섞여 있었던가?

그 모습에 장문인을 비롯한 모산파 제자 전원의 낯빛이 파리해졌다.

다시 보아도 소마의 곁에 쌓여진 부적은 고작 작은 불

꽃을 날리는 부적이었다.

갓 술법에 입문한 제자들이 기운을 담아 내는 연습을
하기 위한 용도로 만들어진.

설사 소마가 알려지지 않은 술법의 달인이라 해도 그저
술식을 몇 가지 더한 것만으로는 절대 보일 수 없는 위력
이었다.

씨익.

어안이 벙벙해진 그들을 향해 소마가 사악하게 미소를
지었다.

어디 한 번 골머리를 싸매고 고민해 보라는 뜻이었다.

"간단하군."

아마도 소마가 자리를 벗어난 뒤 타고 남은 종이라도
있을까 샅샅이 조사를 하겠지만 아무것도 건지지는 못할
것이다.

소마가 일으킨 것은 6써클의 고위 마법.

그저 부적을 마법진처럼 이용해 더 빠르고 안정적으로
발현해 냈을 뿐이었다.

'간이 마법진이라…… 재미있어.'

이번을 통해 확실히 알았다.

부적이란 것은 일종의 간이 마법진이었다.

마법에 대한 이해와 체계화가 덜 이루어진 이 세계에
서 마법에 준하는 능력을 사용하기 위해 만든 매개이자

촉매.

마법에 대한 심상을 보다 분명히 하고 의지력을 강화하기 위한 보조 수단인 것이다.

이것에 능숙해진다면 점차 부적에 담는 술식도 간단해질 테고, 종국에는 부적이 없이도 술법을 사용할 수 있게 될 것이다.

물론 '부적술'이라는 강박에 사로잡혀 깨달음을 얻지 못한다면 평생을 가도 부적에 의존해야 할 테지만.

부적이 없이 술법을 사용할 수 있게 된다 해도 처음에는 익숙하지 않아 부적을 사용한 것만 못한 위력을 낼 것이라, 어쩌면 어렵게 얻은 깨달음도 다 소화해 내지 못하고 계속해서 부적을 사용할지도 모르겠다.

"자, 체험은 이쯤이면 된 것 같고. 이제 뭘 보여 줄 거지?"

"……."

아직 소마가 행한 기적 같은 능력의 충격에서 헤어 나오지 못함일까.

잠시 침묵이 맴돌았다.

슬금슬금 눈치를 보는 것이 자존심을 굽히고 소마에게 비법이라도 묻고 싶은 표정들이 더러 보였지만, 장문인의 앞이라 차마 말을 꺼내지는 못하고 윗선의 대답을 기다렸다.

"직접 몸으로 한번 겪어 보시겠소?"

그리고 결심한 듯 굳은 표정으로 장문인이 어렵게 입을 떼었다.

자존심이 상한 듯 눈에는 독기가 보였고, 전신에서는 터질 듯한 마나의 회오리가 느껴졌다.

"그거 좋지."

소마는 아무런 위협도 되지 않는다는 듯, 자신이 쓸어버린 수련장의 한가운데로 천천히 걸어 나갔다.

"구 장로!"

"예, 장문인."

그가 명하자 장로 중 하나가 부적을 펼치며 소마의 앞에 섰다.

소마를 앞에 하고도 당당한 모습. 소마가 펼친 무시무시한 위력의 주문을 보았음에도 기죽지 않고 자신의 주술을 펼쳤다.

"위홈리안사르하……."

제법 큰 술법인 것일까. 열장의 부적을 동시에 공중으로 펼친 그가 땀을 흘리며 주문을 읊었다.

그에 걸리는 시간 역시 적지 않았다.

무려 반 각에 이르는 시간 동안 제자리에 서서 숨 쉴 틈도 없이 주문을 읊었다.

그의 주위로 주변의 마나가 빨려 들어가고, 바람의 움

직임까지 변했다.

"오늘 안에 끝나긴 하우?"

그 모습을 보며 소마는 너스레를 떨었다.

그 역시도 고위 주문을 사용하려면 비슷한 시간이 걸리기도 하지만, 지금은 아티펙트들의 힘을 일깨운 상태.

그 무엇도, 누구라도 두려워할 이유가 없었다.

그의 스승만 빼고.

"조심하시오. 지옥의 불꽃!"

"오오!"

"드디어!"

"저것이라면 절대 고수라 할지라도……."

드디어 마침내, 길고 긴 술법이 완성되었다.

두 손으로 간신히 제어하고 있는 불길한 기운의 검은 불꽃.

그 크기는 작았지만, 그 안에 내재된 힘만큼은 십일대 초인이 아닌, 그 누가 오더라도 감히 감당하기 어려울 것이라 믿었다.

때문에 술법이 완성되는 순간, 모산파의 제자들을 잃었던 자신감을 되찾고 가슴속 긍지가 다시 한 번 피어났다.

이제 쏘아 내기만 하면…….

"지옥의 불꽃?"

그것을 본 소마의 표정이 딱딱하게 굳었다.

그가 만들어낸 저 힘의 정체를 어렴풋이 읽어 낸 것이
다.

지옥의 불꽃.

자신의 세계에서 헬 파이어라고 불리던 8써클의 궁극
마법과 동일한 이름에, 흡사한 외형을 지닌 술법.

술법 그 자체가 지닌 위압감과 피부가 따끔할 정도의
살벌한 위력 또한 인상적이다.

천마가 쏘아 낸 그것보다도 강력한 위력일 것이라는 건
이미 술법의 중반부를 벗어난 시점부터 알아차린 상태였
다.

그러나 소마가 주목하고 인상을 쓰게 만든 것은 그 위
력이 아닌 성질이었다.

"일단은······."

"출(出)!"

그러는 사이, 흑염은 깊은 어둠으로 소마를 집어삼키기
위해 쏘아져 왔다.

"깨부숴야겠지."

차자자작!

우우우웅—!

순식간에 소마의 전신이 갑옷으로 뒤덮이고 엑셀리온은
긴 검명을 울려 대며 최대로 출력을 올렸다.

"꼴깍!"

"방호의 술!"

"호신지부!"

금빛을 내뿜는 검기와 빛을 집어삼키는 흑염의 대결.

그 역사적 장면을 놓치기 싫었는지 장로를 비롯한 실력 있는 제자들은 쉴 새 없이 방어 술법이 담긴 부적을 뿌려 댔다.

그리고 마침내, 소마와 흑염이 맞붙었다!

파츠츠츠츠츳!

두 개의 강대한 힘이 부딪혔을 때, 의외로 요란한 소음이나 주위가 터져 나가는 소란은 없었다.

그저 서로의 힘을 맞대고 조용한 힘 싸움을 할 뿐이었다.

"더, 더 부적을 더 뿌려라!"

그러나 그들은 알고 있었다.

그것이 끝이 아니라는 것을.

두 힘의 균형이 깨어질 때, 웬만한 고수도 감당할 수 없는 후폭풍이 밀려오리라는 것을.

"그래도……."

소마의 앙다문 입술 사이로 신음 같은 목소리가 흘러나왔다.

"……헬 파이어만큼은 아니군."

화륵!

흑염이 갈라지며 소마를 집어삼켰다.

전신이 흑염에 잡아먹힌 소마.

모산파의 모든 제자들이 기대와 놀람의 눈빛으로 흑염에 잡아먹힌 소마를 바라보았다.

기대하던 비명이나 몸부림은 없었다.

소마는 흑염을 베어 가던 그 모습 그대로, 잠시 멈추어 있었다.

"아아……!"

"이럴 수가."

누군가의 허탈한 목소리와 함께, 흑염이 거짓말처럼 사라졌다.

흑염에 잡아먹힌 것이 아니라 소마가 녀석을 갈라 버린 것이다.

마지막 모습은 흑염의 소멸하기 전 마지막 몸부림이었다.

물론 범인이라면 그대로 잡아먹혀 버렸을지도 모른다.

대상이 그 누구든 흑염과 함께 소멸되어도 전혀 이상하지 않을 일이었지만 문제는 상대가 소마인 것.

그리고 그가 베히모스의 마갑을 개방한 상태라는 것이다.

베히모스의 마갑은 설령 8써클 헬 파이어에 정통으로 적중당하더라도 죽음을 면하게 해 주는 최강의 갑옷이다.

이름이 비슷하긴 했지만 소마를 덮친 것은 그에 못 미치는 위력이었고, 제법 충격은 있을지언정 치명상을 입히기엔 무리가 있었다.

"더 센 건 없나?"

마지막 작은 불꽃마저 소멸시켜 버린 소마는 기세 좋게 그들을 돌아보며 말했다.

사실은 무식하게 힘으로 눌러 버리려 한 탓에 내부에 충격이 조금 쌓인 상태였지만, 그들을 자극하기 위해 여유 있는 척을 했다.

이것이 그들의 최강 주문 따위를 불러낼 수 있다면 좋고, 만약 꼬리를 내린다면 그들이 이것밖에 안 된다는 뜻이다.

"으으음……!"

조금 전의 것이 가장 강력한 것이었을까.

자존심 강해 보이던 장문인 역시도 선뜻 답을 내놓지 못했다.

잠시 동안 그들의 답을 기다리던 소마는 마땅한 움직임이 없자 조금 전 술법을 부린 구백희 쪽으로 다시 몸을 돌렸다.

"그렇다면……"

"헉?!"

"무슨 짓이냐!"

그러고는 제압했다.

사라졌다 순식간에 구백희의 등 뒤를 점한 소마가 곧장 그의 목줄을 틀어쥐자 멍하니 지켜보던 이들은 다시 황급히 부적을 날릴 자세를 취했다.

"자, 설명해 보실까?"

"뭐, 뭘 말이오."

구백희가 발버둥을 치며 묻자 소마가 사악하게 웃으며 다른 이들을 돌아보았다.

"네가 어떻게 어둠의 힘을 사용하는지를."

그가 만든 가짜 헬 파이어.

지옥의 불꽃이라는 술법에는 흑마력의 기운이 섞여 있던 것이다.

순수한 흑마력이 아닌, 일부 기운이 섞여 있다는 것이 특이했지만, 그것을 포착해 내지 못할 소마가 아니다.

"그게 무슨…… 컥!"

"마공을 익힌 건가?"

변명하려 하자 목을 틀어쥔 손에 힘이 더해졌다.

조금만 더 힘을 주면 목이 꺾여 죽어도 이상하지 않을 상황.

어느새 모산파의 제자들은 소마를 에워쌌고, 소마는 아랑곳하지 않은 채 그의 대답을 기다렸다.

"……그건……"

"알고 있었나 보군."

자신을 어떻게 할지 몰라 머뭇거리는 이들을 보며 소마는 스스로 답을 내렸다.

이들은 알고 있었다.

이자가 마공을 익혔다는 사실을.

"켁켁, 그렇소. 하지만 어디까지나 연구의 목적이었소."

으박지를 필요가 없다고 판단한 소마가 구백희를 내려놓자 힘겨운 그의 대답이 들려왔다.

술법 계통의 마공이라니, 소마도 궁금하기는 했다.

기본적으로 동급의 마법 대비 강한 파괴력을 지니는 것이 흑마법이니 비슷한 성질을 지닌 그것 역시 강한 파괴력을 지니리라.

이들도 그것을 발견해 내었고, 자신들의 술법과 접목시키는 연구를 한 것이 틀림없었다.

동류의 힘을 사용하고 연구하는 사람으로서 이해하지 못할 바는 아니었지만, 어떤 식으로 익히고 사용하는 마공인지 알 수 없어 시선이 좋을 수는 없었다.

"사부님!"

운신이 자유로워진 구백희를 제자들이 부축해 자리를 벗어났다.

그것에서 소마는 그가 몇 안 되는 마공연구가라는 사실

을 알아챘다.

아무리 장로급의 인물이라 한들 '감찰단'이라는 이름을 한 십일대 초인에게 덜미가 잡힌 이상 꼬리를 잘라 자 파에 피해가 오지 않도록 하거나, 그의 죽음을 각오하더라도 비밀을 지키기 위해 공격을 퍼붓는 것이 보통.

하나 그렇지 못하고 구해 낼 때까지 기다린 것이 그 증거였다.

"어쩔 생각이오?"

장문인이 직접 나서 물었다.

이것을 문제시 삼을 것인지, 모르는 척할 것인지에 대한 물음이다.

아마도 문제를 삼겠다는 듯한 분위기만 풍기더라도 어쩌면 모산파 전체가 문파의 사활을 걸고 소마와 싸울 것이다.

"글쎄?"

물론 소마는 전혀 두렵지 않았다.

마법과 비슷한 힘을 사용하는 모산파에게는 소마가 천적과 다름없기 때문이다.

마법의 신이라 불리는 아크론이 만든 최강의 아티펙트들 앞에서는 그들이 가진 술법이 전혀 힘을 쓰지 못할 뿐 아니라, 비장의 무기쯤이 될 술법과 마공의 융합도 베히모스의 마갑이 있는 이상 큰 타격을 주기 어려웠다.

피식.

"마공까지 손에 넣어 얻은 힘이 고작 이거라면, 굳이 들쑤실 필요도 없겠지."

잔뜩 긴장한 표정의 사람들을 보며 소마가 그들의 속을 박박 긁어놓았다.

그러나 굳이, 정의의 이름으로 그들을 처단할 생각이나 필요를 느끼지는 못했다.

마법사들 역시도 연구의 목적으로 흑마법이나 신성력 등을 연구하기도 하는 것이다.

흑마법을 본격적으로 익히거나, 비인간적인 방법으로 흑마법을 연구하거나, 흑마법에 정신을 먹히지만 않는다면 큰 문제가 없었다.

물론 소위 '용사 지망생' 들이 순수하게 흑마법을 연구하는 마법사들을 '마왕을 부활시키려는 악의 무리' 쯤으로 혼자 단정하고, 소문을 내고, 처단하려 하기도 하지만, 기본적으로 흑마법에 대해 연구하는 것 자체는 문제를 삼지 않는 것이 일반적이었다.

"······진심이오?"

같은 마법사로서 이해하고 넘어가려는 소마의 의중을 알 리가 없는 이들은 여전히 조심스러웠다.

그들의 입장에서는 소마가 이곳을 벗어난 뒤 소문을 내거나 무림맹의 무인들을 이끌고 들이닥쳐도 어찌할 도리가 없는 것이다.

그렇다고 무작정 믿지 않고 공격을 하기도 어려웠다.

아무리 술법을 펼치기 좋은 자신들의 안마당이라고 하지만 소마는 십일대 초인으로 불릴 만큼 대단한 검의 달인이고—적어도 그들이 생각하기엔— 자신들은 술법을 펼치기까지 시간이 필요한 술법가들이었으니까.

만약 소마가 작정하고 난동을 피운다면 전멸을 각오하고 싸워도 이길 수 있을지 장담하기 어려웠다.

더구나 십일대 초인이라도 적중만 시키면 능히 죽음으로 몰아넣을 수 있으리라 생각한 '지옥의 불꽃' 술법까지 깨어지는 걸 두 눈으로 직접 확인한 상황이 아니던가.

소마가 아무리 속을 긁는 자존심 상하는 소리를 하더라도 그들 입장에서는 조심스러울 수밖에 없었다.

"하지만 알아 두라고. 편법에 의존해서는 잠깐 힘을 높일 수 있을지 몰라도 결국 더 높은 곳에 이르는 것을 막을 뿐이니까."

흑마법을 연구해 그 개념과 이치를 깨닫고 성장한 마법사는 있지만, 흑마법에 빠져 극에 이른 마법사는 없었다.

흑마법의 결말은 늘 마왕에게로의 종속일 뿐인 것이다.

이는 사실 소마가 무공에 대해 완벽히 알지 못해 생긴 편견이기도 했지만, 얼추 비슷하기는 했다.

보통 '극마' 지경이라고 하여 마공으로 익힌 무공은 어느 수준에 이른 후 정체되기 때문이다.

빠르게 힘을 얻기 위해 정도가 아닌 길을 택한 마공의 경우 깨달음에 대한 이해가 상대적으로 부족하여 한계를 넘기 어려웠고, 피를 이용하거나 사람의 생기, 즉, 목숨을 이용해 수련한 마공일수록 그런 현상은 더 심했다.

그러나 초대 '천마'와 같이 그 한계를 뛰어넘는 자들도 분명히 존재했다.

또한 극마지경만 해도 십대 초인에 버금가는 능력. 그것이 마교를 존재하게 한 이유였다.

어차피 정도를 걸어 힘겹게, 힘겹게 수련을 해도 그 끝을 보아야 극마지경에 이르는데, 마공을 익히면 안정적이지는 않지만, 상대적으로 훨씬 빠르게 경지에 오를 수 있는 것이다.

"이 정도면 되었나?"

씨익.

조금 더 보산파를 돌아다닌 소마가 무언가에 반응하며 홀로 씨익 미소를 지었다.

아무도 자신의 행동을 막지 못한다는 사실을 알고 시선을 끌며 돌아다니는 사이, 바람의 정령들을 부려 모종의 일을 꾸민 것이다.

모산파 전역이 진법과 부적으로 보호되어 있어 모든 것

을 볼 수는 없지만 바람의 정령, 실프들이 가능한 모든 곳을 돌아다니며 소마를 위한 정보를 모았다.

자신이 불러낸 실프들을 모두 무사히 회수한 소마는 불편한 시선을 받으며 모산파를 벗어났다.

유람 중이라지만, 천상 마법사인 소마에게는 그 무엇보다 마법적 흥미가 우선이었다.

나중에는 동굴의 입구까지 막아 버리고 폐관 아닌, 폐관에 들어가 버린 소마를 찾아 몇몇의 그림자들이 동굴 앞까지 당도했지만, 조금 살피다 돌아가 버렸다. 절대 고수의 힘으로 동굴의 입구를 틀어막을 만큼 커다란 바위를 부술 수는 있어도 가져다 놓기에는 무리라고 여긴 것이다.

스톤 엣지라는 6써클 고위 마법의 힘이었으니 그들의 이해를 바라는 것이 어쩌면 더 바보 같은 일이었다.

덕분에 소마는 아무도, 아무것도 신경 쓰지 않고 마음껏 연구를 계속할 수 있었고, 그 과정에서 작은 깨달음도 몇 번이고 얻었다.

술식들이 지닌 발현 방식뿐 아니라, 의미와 원리를 분석하는 과정에서 자신이 알던 고정관념을 깨고 더 높은 수준의 깨달음을 얻을 수 있던 것이다.

어쩌면 신의 경지에 다다른 스승만 보고 지낸 탓에 생긴 고정관념이었다.

스승은 언제나 사고를 깨어 두라 했지만, 무의식적으로 스승이 하는 말과 행동이 마법의 전부인양 생각하게 된 것이다.

덕분에 소마는 한 단계 더 성장했다.

아직 현자의 벽이라고도 불리는 7써클의 경계를 넘지는 못했으나, 조금만 더 있으면 넘어설 듯도 한 간극에 서 있었다.

그러나 소마는 실망하지 않았다.

서른도 되지 않아 6써클 마스터라니, 그것만으로도 충분히 대단한 것이다.

'십 년 안에 8써클까지 찍고 만다!'

물론 거기서 만족하지도 않았다.

소마는 나이 오십에 8써클의 지고한 경지에 오른 스승을 넘어서겠다는 굳은 의지를 보였다.

'그래야 자유를 찾을 수 있을 테니까……'

소마가 자신이 했던 것보다 먼저 8써클의 경지에 오른다면 더 이상 관여하지 않겠다는 스승과의 약속 때문이다.

나이가 오십이면 이미 좋은 세월 다 지나갔다고 생각할지 모르지만 몸 안에 받아들인 마나의 기운 덕분에 7써클만 되어도 수명은 150세 이상으로 크게 증가한다.

신체 나이 또한 오히려 젊어져서 일반인의 20대나 다름없는 생활을 할 수 있는 것이다.

천재 중의 천재, 마법의 화신이라 불린 아크론을 넘어선다는 것은 다른 이가 들으면 콧방귀를 뀔 일이지만 소마의 생각은 달랐다.

아크론은 무에서 유를 창조하듯 스스로 터득하여 경지에 오른 이였고, 자신은 미우나 고우나 괴물 같은 스승이 곁에 있었다.

써클의 한계를 넘어선 자.

인간이면서 신의 경지에 오른 자.

그런 이가 어떤 식으로든 이끌어 주니 십 년 쯤 앞당기지 못할 것은 또 무언가?

이미 그가 이룬 6써클 마스터의 경지도 스승과 비슷하거나 더 빠른 속도였다.

"이 세계에 떨어진 보람이 있군."

쩌저적.

쿠르르릉.

모든 연구 결과를 수습하고 동굴 속 술식 등을 지워 버린 소마가 주먹을 뻗자 입구를 막고 있던 커다란 바윗덩어리가 산산이 조각나며 부서져 버렸다.

"좋았어."

기감을 넓혀니 걸리는 기운이 하나도 없었다.

자신을 찾기 위해 동굴 주위를 어슬렁거리던 기운들이 모두 포기하고 떠나갔다는 소리.

자신에게 미행을 붙인 이가 누구이든 그의 수작과 상관없이 움직일 수 있다는 뜻이었다.

"인코그니토."

소마는 산 아래 마을로 들어서기 전, 변장 마법을 펼쳤다.

만약 치밀한 자라면 미행을 그냥 물리지 않고, 자신의 흔적이 마지막으로 발견된 지역 인근의 마을에 발견 즉시 알리라는 수배를 걸어 놓았을 것이기 때문이다.

얼굴이며 행색이 생소하게 변한 소마는 마음 놓고 마을에 들어섰다.

첫 목적지는 역시 객잔이다.

"여기 술하고 제일 잘하는 요리 하나 주시오."

"예예, 나으리. 갑니다요."

보름이 넘는 폐관 탓에 식은 음식만 먹었던 위를 달래고 그간의 정보를 얻기 위함이다.

자리를 잡고 앉아 외치자 점소이가 손바닥을 비비며 다가왔다.

보다 자세한 주문을 받기 위함이다.

그의 추천에 따라 적당히 음식과 술을 선택한 소마는 왠지 삭막한 객잔의 분위기에 대해 물었다.

"무사님, 설마 모르고 이곳에 오셨습니까요?"

"무얼 말인가?"

그러자 점소이가 생각도 못했다는 듯 의뭉스런 눈빛으로 소마를 보며 말했다.

"지금 마교의 선봉이 청해를 넘어 이곳 서안 인근까지

들이닥쳤지 않습니까요. 언제 터질지 모르는 일촉즉발의 상태라 다들 긴장하고 있는 것입죠. 아직 혈마의 후예들도 소탕이 덜 된 상태인데 이게 무슨 난리인지……."

"마교가? 혈마의 후예?"

모두가 아는 사실인 듯 점소이가 혀를 차며 자연스레 말했지만 소마로서는 놀라운 일들뿐이었다.

보름 사이 무슨 일이 있었던 것인가.

"산에서 수련을 좀 하다 내려왔더니 도통 무슨 소리인지 모르겠군. 좀 더 자세히 말해 보아라."

사삭.

은자 두 냥을 꺼내 탁자 위에 올려놓자 점소이의 손이 무림 고수의 그것처럼 빠르게 낚아채 갔다.

"헤헤헤, 물론입죠. 그게 제 일입니다."

그리고는 소마에게 받은 주문까지 다른 점소이에게 전달하고 아예 자리를 잡고 앉아 입을 열었다.

"언제부터 수련을 하셨는지는 모르겠지만……. 일단 근 한 달 사이 일어난 일들을 말해 보겠습니다. 그사이만 하더라도 워낙 많은 일들이 일어나서……."

"좋다."

"한 달 전쯤인가 사십 며칠 전쯤인가부터 정도 무림에 마공을 익힌 자들이 나타나기 시작했습니다요. 아마도 정마대전 당시에 흘러 들어온 마공서가 꽤 있던 것이 아닌가 생각이 되는데, 어쨌든 몰래 마공을 익히던 자들을 밝혀낼 수 있는 신물이 무림맹에서 양산되면서 표면적으로 나타나기 시작했죠. 망해 가던 문파에서 지푸라기라도 잡는 심정으로 연성한 경우도 있었지만 소위 대문파에서 지위 있는 자들에 이르기까지 다양한 무림인들이 마공을 익힌 것으로 드러난 게 아니겠습니까? 물론 마인 색출을 주도한 무림맹과 구파일방, 오대세가를 비롯한 지역의 대문파들에 의해 정리가 되긴 했습니다만, 최후의 발악을 하면서 주변에 피해를 주거나 은밀히 도망쳐 사라져 버리는 자들도 많았습니다. 중원 전역에서 색출 작업이 벌어지니 사라진 자들은 아마 마교에 투신하지 않았나, 예상들을 하고 있습죠."

거기까지 말을 마친 점소이가 잠시 소마의 눈치를 살폈다.

만약 몰랐다면 충격을 받고도 남을 만한 이야기이기 때문이다.

"그 다음."

그러나 여기까지는 소마도 대략 알고 있는 내용이어서 다음 내용을 재촉했다.

"예. 그 다음은…… 아, 혈마! 혈마가 나타났습죠. 혈마의 독문 수법을 사용하는 자가 나타나서 화전민과 작은 마을들을 중심으로 살행을 펼쳐 나갔습니다요. 더구나 하롯밤 사이에 수십, 수백 리 길을 넘어 나타나는 통에 사람들의 불안이 커졌습죠. 혈마가 피에 미친 귀신이라더니 정말 귀신같은 일이었습니다요. 또 누군가 죽였다고 하는데…… 다음날 다른 곳에서 멀쩡하게 살인을 저지르니 저희 같은 무지렁이들은 벌벌 떨고만 있을 수밖에 없지 않겠습니까? 그런데, 얼마 전에 그 비밀이 밝혀졌습니다."

점소이가 눈을 가늘게 뜨고 목소리를 더욱 은밀하게 낮췄다.

"비밀?"

"혈마의 후예가 여럿이었던 게지요."

"……?"

"혈마의 무공을 익힌 것이 애초에 하나가 아니었던 겁니다. 그러니 수백 리 먼 곳에 동시에 나타날 수도 있고, 하나가 죽어도 다시 나타날 수 있었던 것입죠. 들리는 말에 의하면 누군가 의도적으로 혈마의 무공을 흘리고 다닌 것이라 하는데……. 정말 그렇다면 마교 놈들의 소행이 아니겠습니까요?"

"혈마가 여럿에, 마교가 관여했다라?"

다른 이들이라면 신나게 고개를 끄덕이며 동조했겠지만 소마로서는 의아한 부분들이었다.

혈마기와 혈마도에 의해 전승되는 혈마의 능력들이 여럿이나 생길 수 있는 것이던가?

물론 혈마도가 처음 그러한 것처럼 수많은 피를 먹고 정령화된 피와 사념이 또다시 생겨날 수는 있었지만 동시에 여럿이나 생길 수는 없는 것이고, 같은 무공으로 나타난다는 것도 의아한 일이었다.

"계속할깝쇼?"

그사이, 점소이가 한 번 더 눈치를 보았다.

쩔그렁.

소마는 그런 그의 앞으로 다시금 은자를 올려놓았다.

그가 주는 정보가 사실 여부를 떠나 꽤 의미 있고 흥미로운 것이다.

"헤헤헤, 맡겨 주십시오. 아무튼 그런 이야기가 돌고 있고, 전설만큼 강하지는 않았는지 혈마의 후예들을 죽였다는 소문은 간간이 들려오고 있지만, 마찬가지로 여전히 활동한다는 소문 또한 들리는 걸로 보아 완벽히 소탕되지는 못한 모양입니다요. 그리고 얼마 전, 발호할 것이라 말이 많았던 마교가 실제로 움직였습니다요."

긴장한 것일까 겁을 먹은 것일까.

잠시 주변의 눈치를 살핀 점소이는 덜덜 떨리는 팔을 스스로 붙잡고 간신히 말을 이었다.

"정마대전 이후 수십 년간 힘을 모아 온 마교의 힘은 강했습니다. 단일 최강의 무력 집단이라는 말답게 구파의 하나인 곤륜파의 정문마저 쉽게 짓밟았습죠. 어찌나 수가 많고 강력했는지 하늘을 난다는 곤륜의 고수들도 패퇴를 거듭하며 본산까지 밀려 버렸지요. 다행히 불사항쟁하지 않고 후일을 기약하며 빠져나온 덕에 비교적 많은 고수들이 살아남았다지만 마교의 본거지와 맞닿은 청해가 너무도 쉽게 빼앗겨 버렸다는 사실은 중원의 모든 사람들에게 불안감을 일으키고 있습니다요."

무려 구파의 일원인 곤륜파가 힘도 제대로 써 보지 못하고 밀려 버렸다.

그것도 본산까지 너무 쉽게 내어 주고 간신히 목숨만을 부지했다.

상황이 보통이 아님을 알 수 있었다.

물론 청해에 곤륜만 있는 것은 아니지만, 가장 강하다는 그들이 그렇게 무력한데 다른 문파들에 무언가를 기대하는 것은 무리였다.

실제로도 곤륜이 본산을 버리고 패퇴한 후 청해의 다른 문파들 중 일부는 싸워 보지도 않고 달아나 버렸고, 마교는 빠르게 청해를 접수해 나가고 있었다.

아직 중원 전체를 지배하기에는 멀고 먼 길이지만 마교는 서두르지 않았다.

차지한 지역을 완전히 장악하지 않고 무리해서 공격만을 감행했다가는 뒤통수를 맞아 어이없이 무너질 수 있기 때문이다.

때문에 마교는 일부 문파에게 강제로 마공을 익히게 하는 등, 청해에 대한 장악력을 높여갔고 그사이, 무림맹에서도 접경 지역인 서안과 사천으로 병력을 모으고 있었다.

"그리고 무림맹의 고수들이 이곳 서안과 사천성으로 모여들고 있는 걸로 보아…… 조만간 한바탕할 모양입니다요. 큰 피바람이 불 테고, 그래서 무사님께 이곳을 떠나시라 한 겁니다요."

"그럼 너는 왜 떠나지 않는 거지? 곧 큰 싸움이 벌어진다면 이곳도 위험할 텐데."

"저희가 이곳을 떠나 어디로 가겠습니까요. 저희 같은 무지렁이들은 도망가서 굶어 죽으니 조용히 눈치를 보며 목이 달아나지 않기를 바랄 뿐이지요. 설사 마교가 침범한다 해도 그들도 사람인데 먹고 자려면 저희 같은 자들이 필요하지 않겠습니까요?"

참 현실적인 대답이다. 그리고 사실이기도 했다.

마교도들도 사람이니 먹고 살기 위해서는 본산에서 오는 보급에만 의존할 수 없었고, 가급적 일반인들은 건드리지 않는 것이다.

그러니 그들로서는 누가 지역의 주인이든 숨죽이고 비위를 맞추며 살아남는 것이 옳은 선택이었다.

"그렇군."

사실 소마의 세상에서도 비슷했다.

물론 언데드 군단을 일으키는 흑마법사 따위가 상대라면 이야기가 달랐지만, 적어도 인간들끼리의 전쟁에서는 보복성이 아니고서야 일반인들에게까지 해코지를 하지 않았다.

정복 전쟁이라는 것도 결국에는 정복 후 그것을 유지해 갈 사람들이 있어야만 의미가 있는 것이니까.

덜컹.

"어? 이게 누구야. 자네도 여기에 왔나?"

그때 누군가 객잔 문을 벌컥 열고 들어오더니 소마에게 아는 체를 했다.

'얼굴의 주인과 아는 사이인가?'

이렇게 되자 소마도 난감했다.

변장 마법이 가진 약점이 정확히 드러난 것이다.

자신도 모르는, 평범한 얼굴로 변신할 수 있다는 장점이 있지만, 어디까지나 실존 인물의 얼굴이기에 그 얼굴을 아는 다른 사람이 나타날 경우 일이 꼬여 버릴 수 있는 것이다.

그리고 그 상황이 지금 일어났다.

"어, 그래. 나도 왔지."

소마는 어쩔 수 없이 그에게 아는 체를 했다.

"우리 같은 말단까지 불러내는 걸 보니 정말 일이 거하게 벌어지긴 할 모양이군."

"그러게 말이야."

느껴지는 마나의 수위로 보나 그는 삼류에서 이류의 사이에 있는 무사였다.

그렇다면 아마 자신 또한 그와 비슷한 수준일 터.

그에게서 정보를 읽어 낸 소마는 인위적으로 적당한 마나를 주위에 둘렀다.

이제 아마 어지간한 고수가 그를 보더라도 딱 그 수준의 무인으로만 여길 것이다.

"그래, 이곳에 온 지는 얼마나 됐나?"

"어…… 이제 막 왔네."

친구인 듯한 사내는 소마의 옆자리로 와 앉으며 살갑게 말을 건넸다.

이 사내가 누구인지, 자신의 얼굴 주인이 누구인지 전혀 알 리 없는 소마는 그 친근함이 무척 부담스러웠지만, 금세 특유의 능청스러움으로 말을 받아넘기기 시작했다.

"자네는 무슨 단에 속했나?"

"뭐, 이름도 잘 모르겠네. 워낙 급하게 와서."

"하긴, 요즘 상황이 급박하게 돌아가기는 하지. 그래도 집결지에 가기 전에 한 번 확인은 해 보게. 자칫 오해를 받을 수도 있을 터이니. 듣자하니 마교의 간자가 있을지 몰라 색출하는데 혈안이 되어 있다 하네. 대규모 전투가 벌어질 텐데, 간자에 의해 뒤통수 맞으면 큰일이긴 하니까."

"그런가? 알았네. 그러도록 하지."

쓸 만한 정보였다.

잠시 눈을 빛낸 소마는 아무도 모르게 슬쩍 마법을 변형시켜 변장의 유지 시간을 대폭 늘렸다.

소마가 일부러 해제시키지 않는 한 아마도 이제 며칠은 족히 지속될 터.

이 얼굴로 얻어 낼 것이 더 있다고 판단한 것이다.

"전체적인 상황은 어떤가?"

"뭐, 자네도 아는 대로네. 언제 터져도 이상하지 않은 상태야. 때문에 매일 마교의 움직임에 대한 보고가 날아들 때마다 모두 가슴이 철렁하다네. 고수님네들이야 여차하면 도망칠 능력이라도 있지. 우리 같은 하급 무사들은 일단 투입되면 죽든가 살든가 둘 중 하나 아닌가."

그가 쓴 웃음을 지었다. 여기까지 내몰린 이상 모든 것을 하늘에 맡기는 수밖에 없었다.

도망쳤다간 아군에게 죽임을 당할 테고, 전투에서 자칫 고수를 만나기라도 하면 칼 한 번 휘둘러 보지도 못하고 목이 달아날 테니까.

"그렇지."

힘 빼기, 내공 소모시키기 용이지 이런 전투에서 결국 그들이 하는 역할은 크지 않았다.

경동천지 할 고수 한둘이면 그런 이들 백이 있든 이백이 있든 무의미했으니까.

"그나마 낙이라면 아리따운 소저들을 보는 것이 낙이랄까? 하하하."

"아리따운 소저?"

소마가 되묻자 사내는 살짝 음흉한 눈빛으로 답했다.

"어허, 소문 못 들었나? 무림사화가 모두 여기에 모여 있지 않나. 후후!"

그 말에 소마의 얼굴이 조금 찌푸려졌다.

귀찮아서 떼어 놓았던 짐덩이들이 여기에 있었다니.

변장 마법을 하길 잘했다는 생각이 들었다.

"그래 봐야 볼 수도 없을 것 아니냐, 그 생각했지? 아닐세. 다른 이들은 몰라도 빙화와 난화검은 꽤 자주 보인다네. 사기를 진작시킬 의도인지는 모르지만 그녀들이 곳곳을 점검하고 다니는 덕에 운 좋으면 이틀에 한 번은 볼 수 있지!"

사내의 얼굴에 황홀한 기색이 떠올랐다.

"그래? 그거 놀랍군."

소마도 최선을 다해 기대된다는 듯한 모습을 보였지만 속으로는 걸리지 않을 방법들에 대해 머리를 굴리고 있었다.

다른 이들은 모르겠지만 황세령이 이곳에 왔다면 들통이 날 확률이 높은 것이다.

성녀가 가지는 본질을 꿰뚫는 눈.

그것에 걸리면 소마의 변장 마법 또한 즉시 탄로가 나고 말 테니까.

이후 몇 가지 이야기가 더 오갔지만 별 소득은 없었다.

다행히도 몇 잔의 술이 오간 뒤 사내는 누군가의 호출을 받아 사라졌고, 소마도 조용히 객잔을 벗어났다.

*　　　*　　　*

아무도 없는 곳으로 간 소마는 결정을 내려야 했다.

돌아가는 상황을 보아하니 곧 결전이 벌어질 듯한데 여기에 끼어들 것인지 말 것인지를 말이다.

전투가 벌어진다 해도 초반이니만큼 전초전 정도일 것으로 생각했던 것과 달리, 상황은 제법 심각했다. 의외로 대회전이 벌어질 것 같았다.

이미 구파 중 하나가 속절없이 무너진 상황에서 또 한 지역을 내주게 된다면 사기의 문제나 민심의 문제 등에서 심각해질 수 있는 것이다.

비록 대치 중인 곳이 이곳뿐은 아니었지만, 사천의 경우 당문과 아미파, 청성파, 점창파가 모여 있어 필사적인 방어가 펼쳐질 것이었다.

즉, 상대적으로 저항이 덜할 것으로 판단되는 이곳 서안이 다음 대회전의 장소가 될 확률이 높다는 소리다.

때문에 대문파라고는 모산파뿐인 이곳에 대륙 전역의 문파 고수들이 모여들었다.

설사 의외로 사천에 쳐들어간다면 이들을 이끌고 적의 측면을 칠 것이니 모인 고수들이 의미가 없는 것은 아니었다.

"흐음……."

한참을 고민한 소마는 마침내 결정을 내렸다.

"구경만 하지, 뭐."

곧 벌어질 대회전에서 구경을 하기로 말이다.

생각 같아서는 그들을 넘어 청해로 진입해서 천마란 녀석과 한 번 더 마주하고 싶지만, 위험 부담이 너무 컸다.

실험해 보고 싶은 것도 있고 말이다.

"이레이즈 프레즌스."

결정을 내린 소마는 변장 마법 외 한 가지 마법을 자신에게 더 걸었다.

존재감을 치우는 마법.

실은 일종의 저주와도 같은 능력이지만, 어딘가에 침투하거나 자신을 감추는 데에는 더없이 좋은 마법이었다.

사람들은 이제 소마를 사람이 아닌 사물처럼 인식하게

될 것이다.

특별히 관심을 두지도 않고, 보아도 의식하지 못하는 그런 존재.

아마 단체로 모여 사는 숙소라면 하룻밤 함께 자고 일어난다 해도 전혀 소마의 존재를 의심하지 못할 것이다.

마법에 익숙한 소마의 세계였다면 중요한 지역에서 이 마법의 효과가 지속되지 못하도록 하는 결계를 쳐 뒀겠지만, 이곳에서는 그런 걱정일랑 할 필요가 없었다.

준비를 마친 소마는 자주 능청스럽게 무림맹의 무사들이 모인 장원의 담장을 넘었다.

그리고 걸어가는 이들의 틈으로 간단히 섞여 들어갔다.

중요한 일전을 앞둔 만큼 군기는 바짝 들어 있었지만, 워낙에 복잡하고 바쁜 상황이었기에 소마를 알아차린 이는 아무도 없었다.

"실프."

잠입에 성공한 소마는 더 이상 큰 행동을 하지 않았다.

그저 일반 하급 무사들처럼, 적당히 수련을 하고 적당히 요령도 피우고, 구석에 숨어 농땡이를 피우기도 하고.

그렇게 시간을 죽이고 누구도 그런 그를 찾아내거나 지적하지 않았다.

대신 그의 충실한 바람의 정령들이 정보를 물어다 줬다.

기감이 뛰어난 수뇌부 회의까지는 어려웠지만, 중간선이라 여겨지는 이들의 방에는 무리 없이 침투해 정보를 엿듣고, 소마에게 성실히 보고했다.

그렇게 정보를 모으며 여유 부리는 소마였지만, 침투의 결과가 그리 만족스러운 것만은 아니었다.

지내는 곳이 하급 무사들의 숙소다 보니 그의 흥미를 끌 만큼 쓸 만한 무공은 보이지 않았고, 존재감이 없다는 장점을 살려 중급 무사나 상급 무사로 분류되는 이들의 연무장까지 시간 들여 찾아가야만 제법 볼 만해진 탓이다.

그러나 그들 역시도 이런 공개적인 곳에서 비기가 할 수 있는 절기들은 펼치지 않아 썩 만족스럽지만은 않았다.

뿌우~!

그러던 어느 날, 심상치 않은 호각 소리가 장원을 뒤덮었다.

"기상! 모두 일어나라!"

땡땡땡땡.

달빛 어스름한 새벽. 불이 환하게 밝혀지며 종소리가 가득 퍼졌다.

"모두 전투 준비를 마치고 연무장으로 집결하라!"

하급 무사들을 관리하는 일류급 고수의 내공 섞인 목소리가 다시 한 번 퍼지자 심상치 않음을 감지한 자들의 몸

놀림이 빨라졌다.

뭔가 일이 터졌음을 직감한 것이다.

"드디어 시작인가?"

소마 역시도 그들의 틈바구니에 끼어 연무장으로 향했다.

이미 수집한 정보에 의해 마교가 움직일 날이 얼마 남지 않았다는 것을 알고 있던 터라 여유롭기 그지없었지만, 다른 이들의 얼굴에는 긴장한 기색이 역력했다,.

"마교가 움직였다. 지금부터 우리도 움직여서 그들을 맞이한다."

이윽고 예상했던 이야기가 터져 나왔다. 격돌이 시작되려 하는 것이다.

"지금부터 한 시진. 한 시진 내로 목적지에 도달해야 한다. 그래야 유리한 고지를 점할 수 있다."

그곳이 어디인지 정확히 말해 주지는 않았다.

그들 사이에 간자가 있을 수도 있으니까.

오라면 오고, 가라면 가는, 꽤 불편, 불평등한 대우였지만, 대부분의 이들은 어쩔 수 없다고 생각했다.

마교만 강자존의 율법이 존재하는 것이 아니라 무림 자체가 강자존의 법칙하에 존재하는 것이다.

"가자."

일류 고수는 더 이상의 설명을 생략하고 하급 무사들을

길로 내몰았다.

밭을 가는 소 마냥, 몰이 당하는 양떼 마냥 길에 내몰린 하급 무사들은 그저 달리는 수밖에 없었다.

보급은 별도로 먼저 출발했기에 지닌 것은 각자의 병장기와 한 통의 물이 전부였다.

일류 고수들은 그들이 대열을 이탈하거나 달아나지 못하도록 넓게 방위를 점하고 이끌며 달렸다. 그렇게 칼을 찬 무사들의 꽤나 긴 행렬이 시작되었다.

"흠……."

그들을 따라 달리기 시작하면서 감지해 보니 중급이나 상급으로 분류되는 무사들과 수뇌 역할을 하는 핵심 고수들은 비교적 느긋하게 움직이고 있었다.

그들이 서두른다면 더 빨리, 안정적으로 고지를 점할 수 있겠지만, 그들의 힘을 비축하는 대신 대세에 큰 지장을 주지 않는 하급 무사들을 부려 어떻게든 역할을 대신시키려는 것이다.

각자의 힘은 약한 대신 수가 많으니 일단 고지를 점하고 나면 고수들이 느긋하게 도착할 때까지 피해를 입는 대신 어떻게든 버틸 수 있으리라는 계산.

마음에는 들지 않지만, 승리를 위한 합리적인 방법이기는 했다.

결국은 고수들 간의 대결로 승패가 갈라지는 무림에서

의 싸움은 하급 무사의 목숨 몇으로 상대 고수의 체력이라도 조금 **빼놓을** 수 있다면 열 번이고 스무 번이고 해볼 만한 장사였다.

그렇게 소마는 군중에 휩쓸려 점찍어 둔 전투의 장소로 이동했다.

"선두 천천히, 후미는 조금 더 속도를 올려라!"

단체로 일정한 속도를 유지한 채 뛴다는 것은 생각보다 무척 어려운 일이다.

걷는 것만 하더라도 선두가 조금만 속도를 내면 후미는 뛰어서 속도를 맞춰야 할 만큼 작은 속도의 차이가 눈덩이처럼 불어나는 것이 행군이었고, 인솔하는 자들은 서로에게 신호하며 짜증스럽게 이들을 통제했다.

"정지!"

그리고 마침내, 한 시진이 조금 넘는 적지 않은 시간이 걸려 목적지에 도착했다.

"이곳이……."

예상대로 목적지에는 아무도 없었다.

그러나 그것에 신경을 쓰는 사람은 몇 없었다.

어쩌면 자신의 무덤이 될지도 모르는 장소이기 때문이다.

"응?"

각자의 감회에 젖어 주위를 돌아보는 이들의 가운데에

서 소마는 어떤 기척을 느꼈다.

"모두 진형을 갖춰라!"

"뭔가 온다!"

그 기운의 종류를 분류하고 있을 때, 인솔하던 자들도 무언가를 느꼈는지 하급 무사들을 대비시켰다.

"무림맹의 화살받이들인가?"

잠시 후 도착한 의문의 사내들.

다섯으로 이루어진 흑의인들은 소마를 비롯한 하급 무사들을 보며 비웃음을 흘렸다.

"마교의 척후병인가."

인솔하던 일류 고수들도 그들의 정체를 예상했다.

그들이 그러한 것처럼 이들 역시 전투에 앞서 상대와 장소를 살피기 위한 척후병들인 것이다.

다른 것이 있다면 무림맹의 하급 무사들처럼 쓰고 버리기 위해, 어떻게든 시간을 끌기 위해 끌어모은 허접한 실력이 아니라 최소 일류급에 해당하는 실력 있는 마인들이었다.

"이곳으로 정했나 보군. 너희들의 무덤 자리를."

실력에 자신이 있어서일까. 마교의 척후병들은 제법 여유가 있었다.

"누구의 무덤이 될지는 두고 봐야 하겠지. 우리의 무덤이 될지, 천마의 목이 날아간 성지가 될지."

꿈틀.

지지 않고 도발하는 무림맹 고수들의 입심에 마인들도 동요했다.

자신과 붙어도 이기지 못할 허접한 녀석들이 하늘과도 같은 마교도의 신, 천마를 욕되게 한 것이다.

"무림맹의 지렁이들이 입만 살았구나. 어디 그럴 실력이 되는지 한 번 볼까?"

마인들이 일시에 짓쳐 들었다.

쐐액―

채쟁!

그러나 생각만큼의 소득은 건지지 못했다.

계획된 도발이었는지 무림맹 고수 모두가 그들의 공격을 어렵지 않게 막아 낸 것이다.

그리고 동시에 주먹을 앞으로 내밀었다.

"이거나 먹어라!"

화아아악―!

"크앗!"

신성구였다.

손에 쥔 신성구를 발동시키자 신성한 빛에 닿은 마인들의 내공이 흔들렸고, 그사이를 놓치지 않고 무림맹 고수들이 덮쳐 갔다.

"빌어먹을!"

덕분에 손해를 본 것은 마인들 쪽이었다.

실력이나 실전 경험은 그들이 우위인 듯 보였으나, 결정적인 순간마다 신성구의 힘으로 자세며 내공을 흔들어 버리니 제대로 된 공력을 사용할 수 없는 것이다.

"흐압!!"

척후조 간의 전투였지만 꽤나 격전이었다.

일류급 고수들의 싸움이다 보니 하급 무사들은 끼어들 엄두를 내지 못했고, 오 대 오의 팽팽한 접전이 펼쳐졌다.

"기고만장한 기세는 다 어디 갔나?!"

"비겁한 정파 새끼들!"

그들이 익힌 마공이 뛰어났기에 신성구는 더 골치가 아팠다.

중원에 퍼져 나간 하급 마공서들을 익혔다면 괴수처럼 변해 신성구의 고통을 무시하고 몸으로 때워 냈겠지만, 이들이 익힌 마공은 그처럼 조잡하지 않고, 인간의 모습과 인성을 온전히 유지할 수 있는 중상급의 것이기에 내기의 수급이 더 문제가 되는 것이다.

"……누가 악당인 거냐?"

그 모습을 지켜보던 누군가가 공허한 물음을 던졌다.

신성구를 이용해 약점을 만들고, 그 부분을 집요하게 파고드는 무림맹 고수들의 전투는 마교와 정파가 뒤바뀌었다 해도 이상하지 않을 만큼 치사한 것이었다.

전투의 양상은 치열했지만 내용만큼은 지루했다.

신성구를 발동시킨 얼마간은 무림맹 고수가 우위를 점하고, 잠시 시간이 지나면 다시 밀리는.

널뛰기 같은 공방에 모두는 현실 감각이 사라졌다.

빛이 번쩍번쩍 하는 것도 그렇고 그들의 실력으로는 일류 고수들의 공방에서 얻을 수 있는 깨달음이 전혀 없는 것이다.

분석은커녕, 뭘 볼 수도 없는데 깨달음은 개뿔.

"응?"

장난 같은 공방이 일각을 넘어갈 때쯤, 소마는 전방에서 다가오는 무언가를 느끼고 옆 사람의 창을 빼앗아 던졌다.

"쳇."

퍼엉!

날아간 창은 하급 무사들을 향해 쏘아진 기운과 부딪혀 적지 않은 충격을 만들어 냈다.

진형이 흩어지고, 충격파에 몇몇은 바닥을 뒹굴었다.

전투 중이던 자들도 무사하지는 못했다.

그 잠깐의 순간, 방심한 누군가가 쓰러지고, 다른 이를 도울 새도 없이 상황 파악을 위해 뒤로 물러섰다.

"어떤 놈이냐."

그와 함께 보랏빛 머리카락의 거한이 나타났다.

하급 무사들이 무리 지어 있는 곳을 바라보면서.

"자하선인을 뵙습니다."

살아남은 마인들은 급히 거한에게 허리를 숙였다.

하급 무사들을 일격에 몰살시키려 한 자는 자하선인이라 불리는 마교의 고수였던 것이다.

"자하…… 선인."

고작 하나 남은 동료를 등지고 인솔 고수 중 가장 선두에 서던 자가 신음성을 흘렸다.

자하선인이라면 마교 100대 고수 중 하나로 꼽힐 만큼 대단한 고수인 것이다.

네 명의 동료 중 조금 전 한순간에 셋이 당해 버린 것도 난감한데, 100대 마인 중 하나가 나타나 버리다니…… 그의 얼굴에 절망감이 드리워졌다.

"어떤 놈인지 물었다."

그러나 자하선인은 그를 보고 있지 않았다.

그따위는 자신의 상대가 될 수 없다는 뜻이기도 했지만, 자신의 기운을 중간에 막아 버린 숨은 고수를 찾고 있는 것이다.

"누, 누구였지?"

당황한 하급 무사들은 두리번거리며 서로의 얼굴을 쳐다봤지만 아무도 창을 던진 사람을 기억해 내지 못했다.

심지어 소마에게 창을 빼앗겼던 자까지도.

"어, 어서 나와."

"제발 살려 주세요."

얼굴이 기억만 난다면 바로 밀고하기라도 할 듯한 울음 섞인 얼굴들로 소란을 피웠지만, 소마는 나서지 않았다.

조금 전에는 어쩔 수 없이 나서기야 했지만, 지금은 숨어 있기로 택한 것이다.

무서워서? 그럴 리가.

100대 마인 중 하나라고는 하지만 그는 소마가 단칼에 한쪽 팔을 날려 버린 노구완보다도 서열이 아래였다.

물론 마공 각각이 지닌 특성상 서열이 높다 해도 반드시 더 강하다는 보장은 없었지만, 소마에게 위협을 줄 만한 고수는 아니라는 뜻이다.

"나오지 않을 셈인가? 흥. 다 쳐 죽이고 나면 나서기 싫어도 나서겠지."

"멈춰라!"

금방이라도 출수할 듯 자색 기운을 끌어 올리는 자하선인을 향해 누군가 날카로운 검기를 쏘아 보냈다.

"흥!"

심장을 찌르는 검기에도 자하선인은 당황하지 않고 끌어 올린 기운을 이용해 마주쳐 갔다.

"큭."

장내에 난입한 또 다른 고수가 신음성을 흘렸다.

자하선인의 자하신공이 매우 파괴적인 무공이라는 이야기는 들었지만, 이처럼 쉽게 자신의 검기를 부숴 버릴 줄은 생각지 못한 것이다.

내공의 양도 문제였지만, 내공의 밀도 또한 차이가 있었다.

그러나 소마가 보기에 난입한 사내 역시 보통내기는 아니었다. 제대로 붙는다면 자하선인도 승부를 장담하기 어려울 만큼의 고수.

그런데, 꽤나 익숙했다.

"……아, 그 막무가내."

나타난 사내는 다름 아니라 소마를 혈마로 착각하고 난리를 피웠던 자인 것이다.

"무슨 단주라고 했던 것 같은데."

"창룡단주, 임단휘다!"

하급 무사들 중 누군가가 소리쳤다.

어떤 할 일 없는 인간이 하라는 무공 수련은 안 하고 고수들 이름과 얼굴만 외우고 다닌 모양이다.

"재미있겠군."

자하선인이란 자가 사용하는 마나의 기질이 무척 흥미로웠던 소마는 눈을 반짝이며 둘을 돌아보았다.

자하선인이라는 자가 일 수에 검기를 박살 내 버렸지만

임단휘 역시 검강까지 쓸 수 있는 초절한 고수.

아마 무림맹 내에서도 손에 꼽을 만한 고수일 터.

둘의 대결이라면 상당한 눈요기가 될 것이라 생각하며 슬쩍 물러나 자리를 잡았다.

겁을 먹은 하급 무사들이 함께 뒷걸음질 쳐 주어 자리잡긴 편했다.

"임단휘. 네가 그 망아지 같은 놈이구나."

"네가 그 가짜 도사로구나."

그들은 서로를 아는지 눈을 맞추며 기운을 끌어 올렸다.

자하선인은 정체불명의 고수가 신경 쓰였지만, 차마 한 눈을 팔 수 없었다.

위력에서는 자신이 우위라 자신하지만, 임단휘라면 한 순간의 방심이 곧 죽음으로 이어질 수 있는 대단한 고수 중 하나인 것이다.

정의를 부르짖고 의와 협을 내세우며 낄 데, 안 낄 데 다 나서는 탓에 마교 내에서도 꽤 이름이 알려진 자였다.

츠츠츠츠츠츳.

자하선인의 주위로 뱀 같은 자색 기운들이 풀어져 나왔다.

자하신공이 팔 성 이상 운영되는 것이다.

날뛰었던 마인들은 도리어 그의 눈치를 보며 거리를 두
었고, 임단휘도 그에게서 눈을 떼지 않으며 검강을 끌어
올렸다.

두 사람의 대결 결과에 따라 등 뒤의 목숨이 오락가락
하는 것이다.

"오너라."

"사양 않고."

씨익 미소를 짓는 자하선인을 향해 임단휘가 필사의 검
강을 내뿜었다.

거추장스러운 허초 따윈 없었다.

오로지 일격. 일격에 상대를 죽일 수 있는 살초만이 있
을 뿐이다.

"자하폭강."

짓쳐 드는 임단휘를 향해 자색 강기덩어리가 뿜어져 나
왔다.

임단휘의 날카로운 그것과 달리 투박하지만 무시무시한
강기의 덩어리였다.

강기의 응집이라는 검환을 몇 배쯤 크게 부풀린 느낌이
랄까.

"차핫!"

그 패도적인 기운을 임단휘도 감히 정면으로 받지는 못
했다.

자하폭강이 닿으려는 순간, 몸을 비틀어 흘려 냈고, 바닥에 닿을 듯 숙이며 도약해 그의 머리를 쪼개어 갔다.

"크크크!"

그러나 자하선인은 그 또한 예상한 상태였다.

이미 눈썹까지 자색으로 물들어 버린 자하선인은 공력을 극성으로 끌어 올리며 임단휘와 부딪혀 갔다.

"헐."

단 일격에 모든 것을 끝내려는 듯.

각자의 필생 공력을 담아 내지르는 검과 주먹을 보며 소마가 혀를 내둘렀다.

부모의 원수라도 만난 듯, 같이 죽겠다는 각오가 아니고서는 할 수 없는 행동인 것이다.

"크읍."

"씁, 진짜 미친놈이었군."

실제로 두 사람은 동귀어진을 할 뻔했다.

내부가 진탕이 되어 각자 튕겨져 나갔지만 마지막 순간, 자하선인이 생각을 바꾸어 임단휘의 심장이 아닌 검에 부딪히지 않았다면 임단휘는 가슴에 구멍이 나서, 자하선인은 목이 잘려서 죽고 말았을 것이다.

임단휘가 무모하기로서니 이 정도까지 무모할 줄은 몰랐었기에 소마에게도 제법 충격적인 격돌이었다.

"우웩!"

검이 부서져 반 토막이 나 버리고, 입에서 한 사발 피를 왈칵 토한 임단휘를 바라보며 자하선인이 고개를 저었다.

설마하니 진짜로 첫 수부터 동귀어진을 택할 줄은 몰랐던 것이다.

적당한 시기에 변초를 부려 다른 곳을 노리거나 자신의 강기를 막아 낼 것이라 생각했던 자하선인은 그의 집념에 오싹함을 느끼며 다시 기운을 끌어모았다.

이번 한 방으로 강기의 위력은 자신이 앞선다는 것을 분명히 알았으니 무리를 하기보다 몇 번이고 맞부딪혀서 그를 가라앉힐 계획인 것이다.

"오너라."

그런 그를 날카롭게 쏘아보며 임단휘가 다시금 검강을 뽑아 올렸다.

더욱 날카롭게. 어떤 것이든 꿰뚫고 상대의 목숨을 취하겠다는 듯.

"미친놈들."

그런 그들을 보며 소마가 간단히 평했다.

어차피 싸우러 온 것도 아닌 놈들이 왜 미리부터 목숨 걸고 설쳐 대는 것인가? 조금 있으면 싫어도 난리를 치며 싸워야 할 텐데.

물론 상대를 꺾음으로 해서 기세를 꺾을 수 있겠지만,

소마는 목숨까지 내놓으며 '자신이' 그것을 행할 필요는
없는 일이라고 생각했다.

"자하유성우."

"천검일명!"

그러는 사이, 이윽고 두 번째 격돌이 이어졌다.

위력에 자신 있는 자하선인은 강기를 십 수 개로 쪼개
어 발출했고, 임단휘는 모든 기운을 검 끝에 담아 뿌려 냈
다.

콰과과광!!

강기의 격돌답게 폭발음 또한 대단했다.

지축이 흔들리고, 충격파가 모두를 휩쓸었다.

일류 고수들은 간신히 버텼지만, 하급 무사들은 속절없
이 날아가고, 쓰러졌다.

오직 소마만이 그들을 슬쩍 피하며 격돌을 유심히 지켜
볼 뿐이었다.

"흐아압!!"

임단휘가 전신에 피를 흘리며 필사의 연격을 펼쳤다.

일부는 상쇄했으나 일부는 몸에 비껴 맞아 살점이 뜯겨
나가고 피가 솟구치는 것이다.

그럼에도 상대에 대한 집념만큼은 놓지 않아 검강은 더
욱 강하게 피어올랐다.

콰앙! 콰앙! 쾅!

그의 검과 자하선인의 손바닥이 마주칠 때마다 폭음이 터져 나왔다.

위력적인 강기를 앞세워 방어를 택한 그가 '마주침'을 통해 임단휘의 몸속에 계속해서 충격을 쌓아 가고 있는 것이다.

굳이 부딪혀도 되지 않을 공격들까지 자하선인은 잔인할 만큼 철저히 맞서 부딪히고 있었다.

임단휘의 입에서는 끊임없이 핏물이 쏟아졌고, 일방적인 공격을 하고 있으나 언제 쓰러져도 이상하지 않을 그의 몸부림에 모두가 측은한 마음이 들 정도였다.

"여전히 막무가내구만."

그 모습에 소마 역시도 마음이 동했다.

불쌍해서라기보다는 그런 그의 우직함이 제법 마음에 든 것이다.

이대로 농락당하듯 쓰러지기엔 아깝다고 생각했고, 소마는 다시 한 번 누군가의 창을 뺏어들었다.

"인챈트 익스플로젼."

그리고 마법을 걸었다.

"자, 끝낼 시간이다."

쐐애애액.

소마의 손을 떠난 창대가 바위도 꿰뚫을 듯 쏘아져 나갔다.

"드디어 나타났구나!"

그러자 기다렸다는 듯 자하선인이 팔을 휘둘러 창을 쳐 냈다.

아니, 쳐 내려 했다.

콰과광!!

"컥!"

자하강기에 부딪혀 뚝 부러질 것이라 생각한 창은 예상 치 못한 폭발을 일으켰다.

자하선인과 임단휘는 급히 호신강기를 펼쳤지만, 충격 의 여파에 꽤나 멀리 튕겨져 나가고 말았다.

"뭐, 죽지는 않겠네."

가볍게 나서 임단휘를 받아 낸 소마는 포션 한 통을 따 그의 몸 곳곳에 뿌리고 구석에 짐짝처럼 던져 놓았다.

포션으로 인해 지혈은 되었으니 내부만 잘 다스리면 생 명에는 지장이 없으리라는 생각이었다.

"이놈!!"

그리고 폭연을 뚫고 멧돼지처럼 달려드는 자하선인을 마주했다.

충격파에 밀려나기는 했으나 충격 자체는 크지 않았던 지 금세 소마의 눈앞까지 짓쳐 든 것이다.

"멧돼지 같은 놈이 어디서 놈놈거려?"

자하강기를 극성으로 끌어 올린 그를 향해 소마는 황금

빛 주먹을 내질렀다.

퍼억!

그리고 너무나 쉽게 강기가 뚫려 버리고 말았다.

자하선인은 내지르던 주먹이 튕겨져 꺾여 버리는 것은 물론 복부에 후려치는 주먹에 배를 잡고 나뒹굴었고 소마는 별것 아니라는 듯 손바닥을 탁탁 털었다.

"헉……."

이 말도 안 되는 상황에 모두가 침묵했다.

마인도, 무림맹의 고수도, 하급 무사들도.

갑작스레 나타나 일격으로 100대 마인 중 하나를 잠재운 소마의 존재를 믿지 못하고, 멍한 눈을 했고 오직 자하선인만이 뒤틀린 팔과 배를 번갈아 만지며 고통으로서 현실을 직시하도록 했다.

"제, 젠장!"

그나마 가장 먼저 정신을 차린 것은 마인들 쪽이었다.

자하선인을 황급히 부축한 놈들은 소마의 눈치를 보며 빠르게 빠져나갔고, 소마는 굳이 그들을 불러 세우거나 공격하지 않았다.

"아……."

무림맹의 고수들은 그것이 못내 아쉬운 듯 표정을 지었지만, 감히 소마에게 잡아라 말아라 명령할 수 없었다.

하급 무사의 무리에서 튀어나왔다고는 하나, 사실은 자

신들과 비교도 할 수 없는 어마어마한 고수라는 것을 알았기 때문이다.

"흠, 할 수 없지."

엉망이 된 주변을 한 번 쓱 훑어본 소마는 고개를 저으며 그곳을 이탈했다.

제35장

천마와 여섯 명의 초인

...porte moi wagon enlev

moi fregate loin loin

ici la boue est faite

de nos pleurs - est il

vrai parfois que le

triste cœur d'Agathe

loin des remords des ...

소마의 등장과 자하선인의 패퇴.

그것으로 인해 뒤늦게 도착한 무림맹 인물들은 한바탕 난리를 쳤다.

하급 무사들 중에서 아무도 소마의 얼굴이며 이름을 기억하는 자가 없고, 남은 자들의 명부를 대조해 파악하려 해도 애초에 등록되지 않은 이름인 것이다.

"귀신이 곡할 노릇이군……."

마교측에서 쉬쉬하고는 있지만 자하선인의 패도적인 무공 흔적은 분명했다. 살아남은 모든 자들의 증언이 일치하여 정황상 사실로 볼 수밖에 없었다.

반면 일격에 제압을 해서인지 그 귀신 같은 자는 아무

런 무공의 흔적조차 남기지 않았다.

사실은 무공이 아니니 무공의 흔적이 남을 리 없기도 했지만, 그들에게 거기까지 생각하기를 바라는 것은 무리였다.

분명히 존재했으나 아무도 기억 못하는 존재.

귀신이라 해도 믿을 만한 상황에 내부가 어수선해졌으나 그나마 다행인 것은 그런 존재가 자신들의 편이라는 것이다.

어쨌든 무림맹의 사기는 올라가고, 마교의 사기는 한풀 꺾였다.

그렇지만 마교가 진격까지 멈춘 것은 아니었다.

자하선인이 꺾였다 한들 그들에게는 99명의 초절정 고수들이 더 있었고, 무엇보다 천마가 함께했다.

100대 마인이 스스로 자신들 모두가 덤벼도 승부를 장담할 수 없다 말하는 존재.

역대 천마 중에서도 수위에 꼽힌다는 절대천마가 그들의 수장인 것이다.

그렇게 두 강력한 집단은 서서히 가까워져, 일전을 앞두게 되었다.

"무림 수호령이라……."

그사이 다시 존재감 없는 모습으로 중급 무사 무리에 숨어든 소마가 자신을 칭하는 새로운 호칭에 피식 웃음을 지었다.

죽을지 모른다는 현실을 앞두고 미신이라도 믿고 싶었던 걸까.

자신들을 도와주고 귀신 같이 사라졌다 하여 무림 수호령이라는 거창한 별호까지 지어 준 것이다.

소림이 절체절명의 위기에 빠지면 나타난다는 소림 신승과도 같은 새로운 전설을 만들고 싶었는지 모른다.

자신들이 결코 지지 않을 것이라는, 죽지 않을 것이라는 믿음을 심어주는.

그러나 소마는 굳이 나서고 싶은 생각이 없었다.

천마가 나타나기 전까지는.

"온다."

그때, 누군가의 복잡 미묘한 목소리가 들려왔다.

순간 전신을 휘감는 긴장감이 모두를 덮쳐 왔다.

누군가는 40여 년 전 정마대전을 기억했지만 누군가에게는 태어나기도 훨씬 전의 전설 같은 이야기에 불과했다.

그러나, 지금 이 순간 그 둘은 공통된 경험을 갖게 될 것이다.

제 2차 정마대전이라는 이름하에.

"준비!"

파르르.

"쐐!"

패애앵—!

무림에서도 대단위 전투의 양상은 다르지 않았다.

근접하기 전 최대한 적의 수를 줄이기 위해 활을 동원한 것이다.

화포와 같은 위력적인 폭약 무기가 없는 것은 아니나 그것은 관에서만 취급할 수 있었기에 오로지 활로써만 대응했다.

만약 수단과 방법을 가리지 않는답시고 폭약 무기를 사용했다간 적이 아니라 관의 토벌을 받게 될 테니까.

그러나 나무 방패에 막힐 만한 평범한 화살은 아니었다.

태반이 검을 든 검수들이었지만 창이나 도, 부 등 다양한 무기를 다루는 문파들이 있는 만큼 정파에서 명맥을 유지하고 있는 궁술 문파가 있는 것이다.

그들은 내공을 이용해 더욱 강하게 화살을 쏘아 낼 뿐 아니라 일부 고수는 검기처럼 화살에 내공을 담아 화살을 막는 병장기까지 단번에 꿰뚫어 버렸다.

"와아아아!!!"

속절없이 쓰러져 버리는 마교도들의 모습에 무림맹측 사기가 한 번 더 올랐다.

그때였다.

딸랑딸랑.

마교도들의 사이에서 혼을 울리는 종소리가 퍼지더니 쓰러졌던 선두의 마인들이 다시 몸을 일으키는 것이다.

"헉?"

"강시다!"

선두에 있던 자들은 이미 강시의 몸을 가진 자들이었던 것이다.

진짜 생강시만큼 강한 힘을 지니지는 못했지만 살아 있을 때 시술하여 죽은 뒤 곧바로 시체를 일으킬 수 있는 특별한 강시였다.

"마굉자다!"

"강시지존!"

그저 한 번 더 몸을 되살리는 정도였기에 다시금 화살에 머리를 꿰뚫린 놈들은 일어나지 못했지만 이미 혼란에 빠진 무림맹 무사들은 덜컥 겁을 집어먹었다.

"젠장, 계속 쏴라!"

궁사들을 독려해 보지만 일단 적의 수가 너무 많았다.

"가라!"

그때 또 한 번 마교측에서 소란이 일어났다.

생강시의 뒤에 숨어 있던 자들이 몸을 부풀리더니 광인처럼 달려들기 시작한 것이다.

불완전한 마공을 익혀 더 이상 인간일 수 없게 된 자들이다.

그들 역시도 화살에 몸이 꿰뚫리고 더러는 쓰러지기도 했지만, 죽음을 불사하고 달려드는 모습은 사뭇 위협적이었다.

가장 앞에서 적을 막고 시간을 벌어야 할 하급 무사들은 겁을 먹어 검을 뽑지 못했고, 놈들은 순식간에 무림맹의 선두를 덮쳤다.

"현무단, 앞으로! 마인들을 막아라!"

결국 무림맹에서도 하는 수 없이 고수들을 투입했다.

육체적 능력과 내공이 폭발적으로 증대된 녀석들을 막기 위해서는 일류급 이상의 고수가 투입되어야만 안전하게 처리가 가능한 것이다.

벌써부터 고수들을 움직이기는 싫었지만, 어쩔 수 없는 선택이다.

"헛, 저자는……!"

"중원에서 달아났던 자들이다."

"마교에 투신한 자들을 이런 식으로 쓰다니……!"

불행 중 다행인 것은 하급 무사들 중 일부가 마수 같은 자들의 정체를 알아차렸다는 것이다.

무림맹의 색출이 두려워 달아난 자들, 그래서 어쩔 수 없이 마교에 투신한 자들.

그런 자들을 마교에서는 중원 침공의 선두에, 화살받이

로 사용하고 있는 것이다.

"저런 쳐 죽일 놈들!"

"누가 마교 아니랄까 봐……."

그것이 무사들의 분기를 일으켰다.

그들이 마공을 익히도록 마공서를 뿌린 것도 마교의 세작이 한 일이라는 소문과 맞물린 상황은 무사들의 분기를 일으켰고, 주춤했던 사기가 분노로서 다시 상승했다.

"싸워라! 우리의 가족과 후손들을 지켜라! 저 사악한 무리가 중원 무림의 땅을 밟지 못하도록 해라!!"

그런 그들의 뒤로 지휘관들의 목소리가 더해졌다.

이들이 지금 이곳을 지나가면 내 부모, 형제, 자식들이 짓밟힌다.

내 후손들이 마교도가 지배하는 세상에서 살게 할 수 없다.

소마에게 했다면 '그게 뭐?', '그래서 뭐가 다른데?'라고 답했겠지만, 마교의 사악함과 잔혹함을 세뇌 받듯 들어온 다른 이들로서는 절대 물러서서는 안 될 명분이 되었다.

"으아아앗!!"

"죽어라!!"

전투는 순식간에 난전으로 치달았다.

마인들이 뒤를 따라온 생강시와 마교의 하급 무사들이

무림맹의 하급, 중급 무사들과 어우러지며 적아를 구분하기 어려운 상태가 되어 버렸다.

"거참, 열심히도 싸우는군."

중급 무사들 틈에 섞인 소마는 그저 싸우는 시늉만 하고 실제로는 전투에 참여하지 않았다.

워낙에 존재감이 없다 보니 간단한 발동작만 하더라도 다들 그가 싸우고 있다고 착각을 했고 눈앞의 적을 상대하느라 정신이 없어 그를 돌아볼 새가 없는 것이다.

그러면서 자연스레 소위 고수라는 자들에게로 시선이 돌아갔다.

전투는 치열했지만 사실상 아직 진짜 전투를 벌어지지 않은 것이다.

마교측도, 무림맹측도 아직은 각자의 패를 내보이지 않고 있었다.

"자, 아이들아. 가자!"

먼저 패를 꺼내 보인 것은 마교측이었다.

마굉자가 다섯 구의 강시만을 남기고 삼십여 구의 철강시를 모두 전선에 투입한 것이다.

일류 고수의 검기나 빼어난 보검이 아니고서는 상처조차 입힐 수 없는 강시는 이런 하수들의 난전에서 재앙과도 같았다.

"치잇, 주작단은 나서라!"

그것을 아는 터라 무림맹에서도 손 놓고 있을 수는 없었다.

또 하나의 단이 강시들을 막기 위해 투입되었고 전투는 더욱 치열해졌다.

그렇다면 하급, 중급 무사들의 일이 끝났을까?

아니었다. 이럴 때일수록 그들의 역할이 더욱 중요해졌다.

아주 작은 차이가 승부를 좌우하는 고수들의 싸움에서 이들이 목숨 걸고 틈을 여는 것이다.

그 대가로 목을 내어 주기도 하겠지만, 이 싸움에서 승리하기 위해, 서둘러 종결시키기 위해서는 꼭 필요한 일이었다.

사실 중급 무사들 중 일부는 소위 '단'에 속한 자들보다 뛰어난 무위를 지닌 경우도 있었다. 보통은 이류 급 무사들이지만 자신을 감춘 일류급들도 더러 섞여 있는 것이다.

이들의 차이는 집안과 배경의 차이였다.

소위 명문의 자제이거나 제자라면 쉽게 '단'에 들어가지만, 배경 없이 스스로 실력을 일군 자라면 열 중 아홉이 이들 무리에 속했다.

그리고 그들 중 일부는 이번 기회를 통해 자신을 알리기 위해 부단히도 검을 놀렸다.

"꺽……."

그러다 눈 먼 칼에 맞아 죽임을 당하기도 했지만.

"무슨 생각이지?"

더욱 거세진 전투의 양상이지만, 소마는 뭔가 꺼림칙함을 느꼈다.

아직도 양측 모두 전투에 소극적인 모습을 보이고 있다 판단한 것이다.

소위 100대 마인 중에는 마굉자가 나선 것이 전부였고, 무림맹에서도 일류 고수를 모아 놓은 단 두 개의 단만이 전투에 참여하는 것이 고작이었다.

"으아아악!"

"끄워어어."

사람과 사람 아닌 것 같은 자들의 비명성이 울려 퍼졌지만 전투의 양상은 뭔가 지루하게만 느껴졌다.

"지루하군."

그때 낮지만 모두가 똑똑히 알아들을 수 있을 만큼 선명한 목소리가 전장에 퍼져 나갔다.

고오오오오—

그리고 마교측으로부터, 살 떨리게 강렬한 마나의 응집이 일어났다.

"이건……."

그 기운의 정체를 소마는 즉시 알아차렸다.

천마라는 작자가 자신을 향해 날린, 바로 그 힘인 것이다.

"막아 보아라."

"위, 위험하다!"

"모두 비키세요!"

투앙!

천마의 손을 떠난 검은 구체가 날아들자 바닷길이 열리듯 길이 열렸다.

스스로 피한 자들도 있었지만, 기운을 이기지 못하고 꿰뚫린 자들이 태반이다.

지평선 끝까지 밀어 버릴 듯 검은 기운은 그럼에도 전혀 힘을 잃지 않고 뻗어 나갔다.

"홀리!"

그때였다.

무림맹 측에서도 신성한 빛줄기가 뻗어 나갔다.

무림의 성녀, 황세령이 궁극의 신성 마법 홀리를 사용한 것이다.

신성 마법 최강, 최대의 주문.

그것이 가지는 힘과 의미는 결코 작지가 않았다.

신성력의 집합체인 성녀조차 두세 번이 고작일 만큼 어마어마한 신성력이 응축되는 그 힘에 천마의 기운조차도 저항하지 못하고 소멸해 버렸다.

그뿐이 아니었다.

홀리가 지나가는 길목에 있던 모든 마인들이, 그들이 품고 있던 마공들이 모두 정화되어 사라져 버렸다.

그러나 이번만큼은 단순한 정화가 아니었다.

홀리는 최강의 공격 주문.

마인들은 물론 그들과 뒤엉켜 있던 일부의 아군마저 가루가 되어 사라져 버렸다.

"헉, 헉."

황세령은 그 사실에 절망할 수도 없었다.

아직 완전하지 않은 신성력을 무리하게 끌어 올려 몸에 부담이 온 것이다.

덕분에 모두의 시선이 천마와 황세령에게로 쏠렸다.

그리고 상황이 미묘해졌다.

황세령의 알 수 없는 힘에 경악하는 한편, 모든 힘을 쏟아 버린 듯한 모습에 힘을 얻는 것이다.

반면 천마는 아무 일도 없었다는 듯 멀쩡한 모습으로 웃고 있었으니까.

그것에서 소마는 그가 황세령의 힘을 빼놓기 위해 일부러 행한 일이었다는 것을 알아차렸다.

"시작하라."

"우와아아!!!"

천마가 이야기하자 소극적이던 마교도들이 적극적으로 변해 달려들기 시작했다.

그들의 능력을 한순간에 앗아 가 버릴 황세령의 기운이
다했으니 이제 마음껏 활개치려는 것이다.

"아니야. 아직……."

그들의 돌진을 보며 소마는 또 한 번 이상함을 느꼈
다.

"모두 모이세요!"

그때 황세령이 쥐어 짜낸 목소리가 들렸다.

"아직 아니야!"

"생츄어리!"

~~우우우우우웅~~!

치지지직.

"끼아아아아악!!"

묻혀 버린 소마의 목소리를 뒤로하고 펼쳐진 성역 주문
에 범위 안에 있던 마인들이 고통스러운 비명을 내지르며
쓰러져 갔다.

반면 정순한 내공을 지닌 무림맹 인사들은 활력이 넘치
는 것을 느꼈다.

그리고 보았다.

달려오던 마인들이 거짓말처럼 멈춰 선 모습을.

"응?"

"저게 무슨 짓이지?"

당장에 덤비면 심장에 칼을 박아 넣어 줄 수 있을 것

같은데.

　지금까지는 달아나고 싶던 싸움이 지금은 미치도록 하고 싶은데, 마인들은 그들의 마음에 응해 주지 않았다.

"크크크크."

대신 일제히 웃음을 지었다.

마치 함정에 걸려들었다는 듯이.

"역시로군."

그들의 반응에서 예상을 확신으로 바꾼 소마만이 얼굴을 짚으며 고개를 저었다.

"오늘은 여기까지 하도록 하지. 돌아간다."

이내 천마의 명과 함께 마인들이 기세등등하게 등을 보이며 사라졌다.

그러나 아무도 그들을 쫓지는 못했다.

그들이 샘솟는 힘을 얻을 수 있는 것은 바로 이곳, 신성한 땅에서 뿐.

무리해서 쫓아갔다가는 함정에 당할 수도 있을뿐더러, 아무런 우세점이 없는 상황에서 전투를 벌여야 하는 것이다.

"어떻게 된 거지?"

"무슨 일이야?"

"우리가 이긴 건가?"

"와아아아!!"

"승리했다!!"

승리의 표효를 내지르는 그들은 미처 보지 못했다.

수뇌부의 얼굴에 암운이 드리워지는 것을.

"확실히, 내통하는 자가 있군."

마교와 내통하는 자가 있다.

그것도 황세령에 접근할 수 있을 만큼 중추에.

그 사실은 마교가, 그리고 천마가 황세령이 가진 힘의 양을 정확히 알고 있었다는 것에서 확실해졌다.

홀리 한 발과 생츄어리.

딱 그 정도의 힘을 사용하고 나면 하루에서 이틀 정도는 큰 힘을 쓰지 못한다는 것을 알고 있는 것이다.

그렇기에 오늘 그녀의 모든 힘이 소진되는 것을 보자마자 주저 없이 돌아갔다.

그리고 내일 다시 쳐들어올 것이다.

이곳이 아닌 다른 장소로.

생츄어리가 펼쳐진 지역은 삼 일 정도 효과가 지속되기 때문이다.

어쩐지 소극적인 모습은, 삼십구의 철강시와 다수의 생강시, 마수형 마인들은 모두 미끼였던 것이다.

"당했다."

그저 힘만 무식하게 센 자인 줄 알았더니 천마라는 자……

치밀하기까지 했다.

이제 내일은 진짜 힘 싸움이 될 것이다.

신성력이라는 사기적인 능력을 배제하고 무공 대 무공의 지극히 무림다운 싸움이.

그나마 사기는 제법 올랐다는 소득 아닌 소득을 안은 채 무림맹은 일단 철수를 명했다.


*      *      *


근거지로 돌아오면서, 그리고 돌아와서도 소마는 꾸준히 실프를 부려 정보를 모았다.

꽤나 일이 재미있게 돌아가는 것이다.

무림맹은 연락을 통해 수시로 마교의 위치를 파악했고, 다가올 내일을 대비해 장원 곳곳에 진법을 설치하기 시작했다.

어쩌면 이곳 장원이 전장이 될 수도 있다고 판단한 것이다.

"내일이라……."

반 시진마다 들려오는 소식에 따르면 마교는 여전히 꼬박 반나절 거리에 진을 치고 있었다.

아직까지 보급은 풍족한지 넉넉히 먹고 있었고, 내일의 결전을 대비하듯 힘을 끌어모으고 있었다.

그러나 소마는 고개를 갸웃거렸다.

'내가 천마라면'으로 시작한 물음에 대한 해답이 '내일'이 아닌 탓이다.

만약 소마, 자신이 천마의 입장이라면…….

"답은 '오늘 밤'이지."

어둑해지는 밤하늘을 보며 소마는 자신이 생각한 답을 내놓았다.

어차피 황세령이 문제였다면 그녀가 최대한 힘을 쓰지 못하는 지금, 바로 이 순간이 공격의 적기였다.

마교의 위치를 계속 파악하고 있다니 할 말은 없지만, 천마가 과연 그렇게 허술할 것인가. 실력에 자만하고 있는 것인가. 살짝 의문이 들었다.

"끄아악!!!"

댕댕댕댕!

생각을 마치고 잠시 장원 산책을 할 때였다.

누군가의 비명과 함께 적의 침입을 알리는 종소리가 울렸다.

"역시."

그리고 소마는 웃었다.

역시 천마는 자신을 실망시키지 않았다.

종을 치게 놔두고 비명을 지르게 놔두었다는 것은 의외였지만, 지난번에 본 그라면 그 정도는 일부러 놔두었을 수 있다.

"적이다! 마교가 쳐들어왔다!!"

혼비백산.

장원은 난리가 났다.

천마를 비롯한 수십 명의 마인들이 기운을 숨기지 않고 나타난 것이다.

일류 이하라면 보는 것만으로도 질식할 만큼 무시무시한 마기를 뿌리는 그들을 피해 하급 무사들과 식솔들은 장원 밖으로 달음질쳐 나갔다.

"배짱도 좋구나, 이놈들! 여기가 어디라고……."

모두가 달아날 때 소마는 그들이 향하는 곳으로 몰래 움직였다.

마침 수뇌부 회의를 하던 중이었는지 무림맹의 내로라하는 고수들이 한데 뭉쳐 그들을 맞이했고, 천마는 특유의 여유로움으로 그들을 대했다.

"어디긴, 무림맹의 거처가 아닌가?"

이미 몇 겹으로 수백 명의 무인들이 그들을 에워싼 상태였지만 천마에게서는 일말의 두려움이나 걱정 따윈 느껴지지 않았다.

"아참, 이젠 너희들의 공동묘지가 되겠군."

"하하하하."

천마의 말에 마인들이 즐겁다는 듯 웃었다.

자신들만으로 무림맹의 정예들을 모조리 몰살시킬 수 있다 자신하는 것이다.

"대단한 자신감이군."

그들을 보며 소마가 감탄했다.

소마가 느끼기에 천마가 이끌고 온 수십 명의 마인에 필적하는 고수들은 무림맹에도 얼마든지 있다.

아니, 오히려 그 수가 더 많았다.

마공이 상대하기 까다롭다고는 하나, 그들이 협공을 가한다면 버티지 못할 가능성이 컸다.

그럼에도, 그들은 여유가 있었고, 강자의 면모를 보이고 있다.

그 이유는 단 하나.

바로 그들 곁에 천마가 있기 때문이다.

천마에 대한 절대적인 믿음.

그것이 그들을 사지에 들어서고도 웃을 수 있도록 만드는 것이 틀림없었다.

"그 광오함이 오늘 너의 목을 가져갈 것이다."

"어디, 해 보게나."

몸을 부들거리는 무림맹의 수뇌들을 향해 천마는 여전히 여유로운 미소를 지었다.

"차라리 잘되었소. 뜻하지 않기는 했으나 더 많은 피를 흘릴 것 없이 오늘 이 자리에서 결판을 지읍시다!"

채재재쟁—!

무림맹 고수들이 일제히 병장기를 뽑아 들자 무시무시한 소리가 되어 그들을 압박했다.

"우리도 어디 한 번 놀아 볼까?"

쿠구구구구구—

마인들이 일제히 힘을 개방하자 가공할 마기가 주변을 침식했다.

땅이 검게 물들고 공기는 무거워졌다.

생츄어리와는 반대되는 죽음의 땅으로 변해 가는 것이다.

신성력과 같은 특별한 능력은 없었지만, 이 차이는 알게 모르게 무림맹 인물들이 힘을 쓰는 데 제약을 주게 될 것이다.

"부끄럽지만 그대는 우리가 상대하겠소."

무림맹주, 권왕 언가호가 그의 친구들과 함께 나섰다.

십일대 초인이라 불리는 자들 중 여섯.

권왕과 검왕, 도왕, 창제, 투귀, 파황.

절대의 반열에 올랐다는 이들 여섯이 천마 하나를 감당하기 위해 모인 것이다.

지난 정마대전 당시에도 다섯의 초인이 모여 겨우 패퇴시켰기에 그들은 자만하지 않고 부끄러워하지 않았다.

아니, 사실 무인으로서는 부끄러웠다.

하지만 무림의 일원으로서, 가장으로서는 전혀 부끄럽지 않았다.

자신의 자존심 때문에 중원이 짓밟히고 피로 물들 수 있음을 알기 때문이다.

"좋지."

그러나 천마는 그들의 합공을 웃으며 맞이하기로 했다.

천마가 결정하자 마인들은 더 이상 머뭇거리지 않았다.

각자의 기운을 개방하며 사방으로 짓쳐 들어갔고, 자연스럽게 천마가 있던 장소를 중심으로 그들이 싸울 수 있는 공간이 만들어졌다.

"자, 우리도 함께 어울려 볼까?"

천마의 하얀 이가 섬뜩하게 빛났다.

"오지 않는다면, 내가 가지."

방위를 점하기 위해 서서히 움직이는 여섯 초인이 답답했던지 천마는 먼저 그들에게 다가갔다.

"컥!"

쿠웅! 쿠웅! 쿠웅! 쿠웅!

천마군림보(天魔君臨步).

천마신공을 익힌 천마 본인만이 사용할 수 있다는 지고한 경지의 보법.

그것의 진짜 무서움은 빠름이 아니라 진동 속에 있었다.

가공할 내공이 대기와 대지를 진동시켜 주위를 파괴하는 것이다.

"쿨럭!"

"우읍!"

단순히 다가갔을 뿐인데, 내공이 약한 이들은 내부가 진탕되어 한 사발 피를 토해 냈다.

가까이에 있는 돌들은 내기의 진동을 이겨 내지 못하고 바스러지고, 여섯 초인들 역시 속이 울리는 것을 억지로 눌러 참으며 각자의 무기를 떨쳤다.

그러나 천마는 이미 그곳에 없었다.

또 한 번 천마군림보를 극성으로 펼쳐 그들의 공격 범위를 빠져나간 것이다.

여섯 초인이 베어 낸 것은 그의 환영에 불과했다.

"이형환위……!"

짧은 순간 천마가 내보인 가공할 무위에 여섯 초인들은 바짝 긴장했다.

무림 최강이라 칭송받으며 지내 왔던 지난날들이 무색할 정도로 첫 공격이 허무하게 무위로 돌아간 것이다.

내부가 진탕이 되는 것을 참으며 펼친 공격이었다 해도 마찬가지였다.

만약 그가 계속해서 천마군림보를 펼친다면 비슷한 상황이 계속될 테니까.

물론 천마군림보가 가공할 만한 내공을 소모한다는 것을 어렴풋이 알아차린 그들이었지만 신중함은 더해질 수밖에 없었다.

"아직도 오지 않을 텐가?"

쐐애액—

"흡!"

천마파쇄지(天魔破碎指).

천마의 다섯 손가락이 쫙 펴지자 다섯 줄기 강기가 그들을 향해 뻗어 나왔다.

그들이 신중할수록 천마는 마음껏 공격을 퍼부을 수 있는 것이다.

"자네에겐 특별한 걸 선물하지."

멸천일검(滅天一劍).

다섯 초인이 천마파쇄지를 막는 사이 권왕의 앞까지 다가선 천마는 하늘을 멸하는 일검을 선사했다.

"어림없다!"

권왕도 지지 않고 주먹을 뻗었다.

십이 성 공력을 모두 끌어 올린 일격.

그를 권왕이라 불릴 수 있게 해 준 패도적인 권격이었다.

"큽!"

그러나 천마의 일검은 묵직했다.

천마강기는 주먹 가득 모인 권왕의 강기를 비집고 상처를 냈고, 다행히 더 큰 상처가 나기 전에 곁에 있던 검왕이 천마를 향해 검을 날렸다.

"어림없다!"

찰나의 순간, 천마는 검을 회수해 검왕을 맞아 갔다.

초인이라 불리는 그의 검인 만큼 결코 허투루 볼 수 없는 예리한 공격인 탓이다.

"제법이군."

자신의 옷자락을 베어 낼 뻔한 날카로운 공격에 천마가 기쁜 듯 웃으며 뒤로 물러났다.

너무나 강했던 탓에 천마는 자신을 긴장하게 할 만한 고수들과 싸워 보지 못한 것이다.

"이건 어떤가?"

그사이, 뒤로 돌아간 파황과 창제가 동시에 천마의 머리와 다리를 노렸다.

"그것도 제법이군."

빙그르르.

그러나 천마는 공중에서 몸을 가로로 뉘이며 피하고 그들을 향해 천마강기를 뿜어냈다.

"너도 제법이구나!"

그때 투귀가 나타나 천마의 허리를 쪼개 갔다.

천마에게 묘한 호승심을 나타내던 그가 천마의 말을 따

라 하며 베어 간 것이다.

"그건 별로군."

다시 한 번 천마군림보가 펼쳐졌다.

허공에 뜬 그 상태 그대로 천마군림보를 펼친 천마는 투귀의 검을 냅다 발로 차 버렸다.

"끄억!"

발과 검의 부딪힘이었건만 피를 토하며 날아간 것은 투귀였다.

천마군림보에 실린 강기가 발을 보호하고, 맞닿은 검에 전해진 진동이 그의 내부를 뒤틀어 버린 것이다.

"차핫!"

그런 투귀를 넘어서며 도왕의 발도술이 펼쳐졌다.

불꽃을 만들어 내는 초고속의 발도.

이번만큼은 천마도 여유롭지 못했다.

천마의 신물, 천마신검을 들어 간신히 막아는 냈지만, 그 위력만큼 날아가 벽에 처박히고 만 것이다.

우지끈.

내기로 몸을 보호한 만큼 충격은 크지 않았으나 그 위력을 알려 주듯 부딪힌 벽은 박살이 나서 내려앉고 있었다.

"과연 어깨에 힘 주고 살 만해."

퉤!

천마의 입에서도 작은 핏물이 뱉어졌다.

그러나 여섯 초인은 기뻐할 수 없었다.

조금 전의 공방으로 투귀의 상태가 말이 아니게 되었고, 권왕의 주먹도 상처 입었으나, 천마의 기세는 더욱 흉포해진 것이다.

그들의 모습은 마치 잠자는 사자의 코털을 뽑은 여섯 마리 늑대와 같았다.

"이번엔 우리가 가지."

위기감에 내몰린 여섯 초인은 선공을 택했다.

합격술을 맞춘 적은 없지만, 초인이라 불릴 만큼의 전투 경험과 감각으로 서로의 마음을 읽은 것이다.

스르릉.

어느새 다시 집어넣었던 도왕의 도가 불을 뿜었다.

초고속의 발도술!

이미 경험한 바 있는 그 일격에 천마도 경시하지 못하고 마주쳐 갔다.

까강!

서로의 무기가 부서질 듯 휘청거렸다.

덕분에 천마의 몸도 잠시 흔들렸고, 그 틈을 창제가 노렸다.

"관(貫)!"

무엇이든 꿰뚫는 최강의 창.

그 가공할 찌르기가 천마의 관자놀이를 노렸다.

쐐액!

대기를 찢는 찌르기를 천마는 간단히 고개를 움직여 피해 냈다.

출렁.

그때 창이 요동쳤다.

천마의 머리를 놓친 창제의 창날이 뱀처럼 휘어지며 다시 한 번 그의 머리를 때린 것이다.

천마도 어쩔 수 없이 다시 한 번 크게 목을 숙여 그것을 피해야 했다.

"하압!"

빛과 같은 일섬.

천마의 머리가 숙여진 틈을 타 검왕의 빛살 같은 일격이 펼쳐졌다.

더 이상 그들에게 초식은 의미가 없었다.

행하는 모든 것이 초식이 되고 강기가 입혔다.

몸이 두 쪽으로 쪼개질 위기에 처한 천마는 하는 수 없이 몸을 옆으로 날려 그 공격을 피했다.

대신, 권왕의 강기다발을 호신강기로 버텨야 했다.

"큭."

천마의 입에서 드디어 신음성이 터져 나왔다.

"일검…… 파천황!"

그리고 절묘한 순간을 포착하여 잔뜩 기를 모은 파황의 최후 초식이 떨어져 내렸다.

"천마멸천(天魔滅天)!"

천마가 노성을 토하며 그에 맞서 갔다.

피하기만 해서는 안 된다고 판단한 것이다.

콰콰콰콰콰광—!

두 절대 고수가 만들어 낸 폭발에 일류, 절정 할 것 없이 주변의 모든 자들이 쓸려 나갔다.

어설픈 호신강기는 그들을 돌보지 못했고 오직 소마와 다섯 초인들만이 그 폭발 속에서 버텨 낼 수 있었다.

"끄윽……. 과연…… 천마……."

폭연이 걷히고, 두 발로 서 있는 사람은 안타깝게도 천마뿐이었다.

초인들 가운데에서도 한 방의 강력함으로는 단연 으뜸이라 꼽히던 파황이 준비된 최후 초식을 사용하고도 천마를 쓰러뜨리지 못한 것이다.

"빌어먹을 중원 놈들……."

심지어 천마는 제법 멀쩡해 보였다.

옷은 터져 나가 제 구실을 하기 어려웠지만, 죽은피를 한 모금 뱉어 낸 것 외에는 전혀 이상이 없어 보이는 것이다.

물론 피를 토했다는 것 자체가 내상을 입었다는 의미이

기는 하나, 그의 몸을 휘도는 마나의 유동을 보건데 그 깊이는 그리 크지 않은 수준이었다.

푸욱.

꽤나 성질이 났었는지 천마는 쓰러진 파황의 가슴에 검을 찔러 넣고 다음 순서를 기다리는 네 초인들을 돌아봤다.

"전대 천마보다 더 지독하구나."

권왕은 여섯이 아니라 일곱, 여덟이 모이지 않은 것을 후회했다.

어디에 있는지 행적을 쫓을 수 없는 자들도 있기는 하지만, 나머지라도 어떻게든 끌어모았어야 했는데.

지금 자신들이 쓰러지면 다시는 천마를 막을 기회가 없을지도 모르는 것이다.

"당연하지. 중원일통 따위도 하지 못한 전대천마 놈 따위."

스승과 같은 자일 진데 천마는 표독스럽게 말을 받았다.

"내 목표는 중원일통 따위가 아니다. 바로 천하통일이지. 하하하하!"

"뭣?!"

황실까지 침범할 계획을 가지고 있었던 것인가.

천마는 스스로 황제가 될 것임을 밝혔다.

천상천하 유아독존.

천마 자신 말고 감히 그 누가 그 말을 쓸 수 있을 것인가.

그 말을 들은 네 초인들은 황당했지만 반박할 수 없었다.

'이자라면 어쩌면…….'

황실에 침입해 모두를 죽이고 스스로 황제의 자리에 오른다.

동창 무사? 금의위? 모두가 나선다 해도 상대가 되지 않을 것이다.

자신을 거부한다면 모조리 죽이고 지존의 자리에 앉는다.

이자라면, 천마라면 그런 폭군이 되기에 충분했다.

마교에서 나고 자란 자이니 그런 짓쯤 못할 것이 무언가.

더욱이 십일대 고수 중 여섯을 동시에 상대하고도 멀쩡한 자인데.

그들의 얼굴에 절망감이 드리워졌다.

"오늘 이곳이 천하통일의 발판이 될 것이다. 영광으로 생각하도록."

천마의 전신에 핏빛 강기가 피어올랐다.

"그렇게 놔둘 수는 없다."

타닷.

서로 눈빛을 교환한 네 명의 초인이 동시에 그를 향해 달려들었다.

　　"같이 가자꾸나!"

　　그리고 네 사람 모두가 동귀어진의 수를 펼쳤다.

제36장

봉인 해제, 발록의 투구

...mporte moi wagon enle...

...moi fregate loin lo...

...ici la boue est faite

de nos pleurs - est i...

...vrai parfois que le

triste cœur d'Agath...

loin des remords des ...

무림인들은 패할 때에도 실력의 삼 할을 숨기고, 죽는 순간에도 하나의 초식을 숨긴다.

　그것은 무공의 경지와 관계없는 하나의 법칙이었다.

　삼 할의 실력이 드러나는 순간은 죽음을 목전에 둔 절체절명의 순간이고, 마지막 초식을 드러낼 때는 죽음과 마주한 순간이다.

　이 마지막 초식은 목숨줄이 되어 그를 살려 내는 구명절초가 되거나, 상대와 함께 사라질 수 있는 필살의 초식이 된다.

　진원진기까지 더해진 일생 단 한 번의 공격.

　네 명의 초인이 펼친 것이 바로 그것이었다.

"같이 가자꾸나!!"

머리끝에서 발끝까지. 평생을 모아 온 공력이 이 한 번의 공격에 담겼다.

검왕과 창제는 진원진기까지 더해 머리가 하얗게 변해 갔고, 자신만만하던 천마의 표정이 딱딱하게 굳어졌다.

"미련한 늙은이들!"

천마멸천.

그 가공할 초식이 또 한 번 그들을 향해 폭사됐다.

콰과과과과과과광—!

쿠르르르르르릉.

콰광! 쾅! 콰과과광!

세상에 있는 모든 폭음이 한곳에 모인 듯했다.

다섯 개의 강기가 부딪힌 여파는 장원 전체를 휩쓸었고, 정파와 마교 할 것 없이 주위에 있는 모든 자들을 집어삼켰다.

이십여 장 밖에 있던 자들이 싸우던 것을 멈추고 내공으로 최대한 몸을 보호하며 장원을 빠져나가야 할 정도였다.

그러고도 큰 충격을 입어 한동안 몸을 일으키지 못했다.

"무슨 일이…… 벌어진 거지?"

마인도, 무림맹 고수들도 싸움에 대한 생각을 잊어버렸다.

그들 모두의 시선은 오직 폭발이 일어난 곳을 향했다.

그들의 생사가 확인될 때까지 서로를 공격하지 않는 것은 암묵적인 약속처럼 되어 버린 듯, 오로지 폭연이 걷히기만은 두 손 모아 기다렸다.

"아아……!"

"크크크큭!"

그리고 연기가 걷혔을 때, 마인들은 웃고, 무림맹 고수들은 절망했다.

쓰러진 세 사람과 천마에게 목줄을 잡힌 검왕의 모습이 보인 것이다.

힘을 다해서일까 검왕의 모습은 힘없는 촌부에 다름없었다.

"너의 뜻은…… 이루지…… 못할 것이다……."

"크크크. 너희 말고 또 누가 나를 막을 수 있단 말인가? 이젠 포기해라, 늙은이."

조금만 힘을 주면 목이 비틀릴 것 같은 모습이건만 검왕은 끝까지 천마를 부정했다.

그 모습이 우스운 듯 천마가 그를 농락했지만, 검왕은 마지막까지 미소를 잃지 않았다.

"……뒤를…… 보아라."

"뭣?"

검왕의 말에 따라 몸을 돌린 천마의 앞에는 쌓인 먼지

를 툭툭 털어 내는 사내가 있었다.

변장 마법과 존재감을 없애는 마법을 해제한 소마였다.

"여어, 오랜만이야?"

"네놈은……."

"다행이야, 멀쩡해 보여서. 비실대는 놈을 패 주는 건 아무래도 멋이 안 나잖아?"

천마의 눈썹이 하늘을 향해 치솟았다.

내색하지는 않았으나 한동안 저릿했던 팔의 감각은 그를 굴욕적으로 만들었던 것이다.

"웬만하면 끼어들지 않으려고 했는데 말이야. 아무래도 네 면상에 주먹 한 방은 꽂아 넣어 줘야 할 것 같아서."

그것은 소마에게도 마찬가지였다.

마력탄 같은 힘으로 자신을 벽에 처박은 것도 모자라, 타이탄 건틀렛의 힘을 한 손으로 막아 낸 그에게 소마도 갚아야 할 빚이 있는 것이다.

"잘 나타나 주었다. 무슨 생각으로 혼자 나타났는지는 모르지만 이참에 네놈까지 끝을 봐 주마."

"그야 주인공은 맨 나중에 나타나는 법이니까."

둘은 동시에 자신의 모든 힘을 개방했다.

천마에게서 조금 전 네 명의 초인과 부딪힐 때보다 더 거대한 기운이 솟아올랐다.

그의 머리카락과 눈썹 등이 모두 빨갛게 변하더니 이내

한 단계 넘어서 파랗게 변해 버렸다.

천마지체를 이룬 것이다.

"저게 무슨……."

소마 역시도 변했다.

갑옷이 변형되어 전신을 덮고, 타이탄 건틀렛과 윈드 워커, 엑셀리온이 한계까지 개방되었다.

순수한 마나가 그의 몸을 덮으며 황금빛으로 빛났다.

"어디 한 번 붙어 볼까?"

콰앙!

두 괴수의 싸움이 시작됐다.

첫 격돌은 천마의 주먹으로 시작됐다.

소마가 그러했듯 강대한 힘을 응축시킨 천마가 일 권을 내지르자 소마도 똑같이 주먹을 내질렀다.

거인의 힘이 깃든 다른 차원의 힘.

두 사람이 동시에 튕겨져 나가고, 이번에는 천마가 검은 구를 만들어 냈다.

소마를 건물에 처박아 버렸던 바로 그것.

그러나 지금은 그때 위력의 수 배에 달했다.

"리플렉트 매직."

그것을 보며 소마는 한 가지 수작을 부렸다.

마법 반사 주문.

마력을 이용한 그 어떤 주문도 단 한 번은 반사해 버리는 마법이었다.

그것을 오른팔에 일으킨 소마는 날아오는 검은 구체를 그대로 손으로 받았다.

우우웅—!

"……?!"

후아아앙!

그리고는 타이탄 건틀렛의 힘을 빌려 더 엄청난 속도로 천마에게 던져 버렸다.

투앙!

쿠르르릉!

깜짝 놀란 천마는 다음 공격을 위해 모은 내공을 한곳에 집중시켜 간신히 비껴 냈다.

동시에 부딪힌 곳은 초토화되어 버렸다.

근처에 있던 자들은 비명 한 번 지르지 못하고 몸이 터져 나갔고, 마인과 무림맹 고수들은 더 이상 전투에 대한 의지를 잃고 빠르게 장원을 벗어났다.

하급 무사들의 싸움이 그렇듯, 그들이 어떤 결과를 만들어 내든 저 둘의 전투 결과가 이번 싸움의 승패를 좌우하게 될 것이었다.

덕분에 이제 그 기술은 사용할 수 없게 되었다.

"커팅 오러!"

"천마파쇄지!"

콰과광!

소마가 금빛 기운을 뿌리자 천마도 손가락을 튕겨 막아 냈다.

천마가 천마군림보를 펼치자 소마는 윈드 워커로 대응 했고, 엑셀리온을 맞대려는 순간, 타이탄 건틀렛을 이용 한 쇼크 웨이브로 맞섰다.

박빙.

용호상박.

무어라 표현할 수 없을 만큼 두 사람의 기술들은 닮아 있었다.

아니, 사실은 전혀 다른 것들이었다.

다만 두 사람의 뛰어난 응용 능력이, 그리고 지기 싫은 자존심이 비슷한 힘으로 상대와 맞서도록 만들고 있었다.

검을 날리고, 주먹을 날리고, 발을 날리고.

시간이 갈수록 막 싸움에 가까워졌다.

검에 부딪히든, 주먹에 부딪히든, 발에 차이든 어느 것 도 차이는 없었다.

보는 이들로 하여금 금강불괴가 아닐까 싶은 두 사람은 서로를 난타하며 충격을 쌓아 갔고, 한 사발씩의 피를 토 하며 물러서게 만들었다.

"헉헉. 천마지체가 통하지 않다니…… 도대체 넌 누구 냐."

"헉헉. 전투 모드의 날 이만큼 몰아붙이다니. 스승님이 알면 난리 나겠군. 후욱, 넌 인간이긴 한 거냐?"

천마와 소마는 서로에게 진심으로 질려 버렸다.

'신의 육체'라는 천마지체를 이루고도 이 정도라니…….

그 또한 신에 필적할 힘을 지녔다는 것인가?

여전히 금빛 찬란한 소마를 보며 천마가 혀를 내둘렀고, 소마 역시도 아크론이 자신과 하렌을 제외하곤 누구도 이기지 못할 것이라 자신한 모든 아티펙트의 힘을 견뎌 낸 천마에게 혀를 내둘렀다.

"괴물 같은 놈."

"괴물 같은 놈."

둘은 동시에 상대를 평가했다.

시간이 지나면 자신이 유리하다. 소마는 그것을 알고 있었다.

이들은 시간이 지날수록 내공을 소모하지만, 자신은 아티펙트가 스스로 마나를 수급하니 최소한의 마나만을 공급하면 그만이었다.

하지만 그렇게 이기기는 싫었다.

그래서는 결국 자신이, 아티펙트가 이겼다는 생각이 들지 않는 까닭이다.

스승이 만들어 내긴 했으나 이 모든 아티펙트를 만드는 것에는 그 역시 동참했다.

아크론은 그를 단순히 하렌의 제자들과 싸우는 기계로 만든 것이 아니라, 진짜 제자로 여겨 주었던 것이다.

그 덕에 지옥 같은, 아니 진짜 지옥—마계—에도 다녀왔지만 말이다.

"역시 힘 싸움으로는 안 되는 건가. 좋아, 나의 진짜 전투법을 보여 주지."

생각을 고쳐 먹은 소마의 눈빛이 새롭게 빛났다.

"간다!"

다시 한 번, 두 괴물이 격돌했다.

소마는 좀 더 집중해서 검을 뿌려 댔다.

검의 달인인 천마에게는 닿지 않았지만, 그가 막아 내는 데 검을 휘두르는 것만으로도 역할은 충분했다.

"라이트!"

"큭!"

번쩍.

시야를 뺏는 밝은 빛이 천마의 눈앞에 생겨나자 눈이 질끈 감기며 틈이 생겼다.

"그리스!"

동시에 떨쳐진 검을 천마는 감각만으로 막아 냈지만, 소마의 공격은 거기서 끝이 아니었다.

바닥의 마찰력을 없애는 보조 마법으로 천마의 발을 미끄러지게 만들어 버린 것이다.

"디그, 디그, 디그!"

눈이 보이지 않는 상황에서도 허공에서 몸을 비틀어 중심을 잡으려는 천마의 디딤축을 향해 땅파기 마법이 시전됐다.

발을 딛으려는 순간마다 푹푹 꺼지는 땅바닥.

제아무리 천마라도 균형을 잃지 않을 수 없는 상황이었다.

"엑셀리온, 한계 봉인 해제!"

그리고 그 순간, 엑셀리온이 눈부시게 빛났다.

황금빛을 넘어 이제는 바라보기조차 힘든 빛의 검.

엑셀리온이 한계를 넘어 힘을 발휘하는 순간이었다.

한 번 사용하고 나면 한동안 힘을 쓰지 못하게 되어 버리지만 천마라는 최강의 적을 앞에 두고 아껴 둘 때가 아니었다.

"커헉!"

섬뜩한 기운을 느끼고 천마가 급히 막아 보지만 이미 엑셀리온의 힘은 천마의 그것을 넘고 있었다.

아무리 때리려고 무너지지 않는 벽처럼 언제나 끄떡없을 것 같은 천마의 입에서 당혹스러운 신음 소리가 터져 나왔고, 소마는 그 틈을 놓치지 않았다.

"그리스, 바인드!"

힘으로만 밀어붙이는 것도 아니었다.

그리스를 이용해 천마의 집중력을 흩트려 놓고, 땅에서 튀어나오는 나무줄기로 그를 옭아매었다.

천마지체인 상태라면 그저 힘을 주면 끊어져 버릴 하찮은 나무줄기이지만, 밀리고 있는 상황에서, 처음 겪는 속박이라면 이야기가 달랐다.

소마는 공격력은 없지만, 상대를 괴롭힐 수 있는 1써클의 주문들로 천마의 정신을 쏙 빼놓으며, 그때마다 엑셀리온이 그의 목을 노렸다.

"크헉."

초조해하지는 않았지만 조금은 서둘렀다.

엑셀리온이 한계 이상의 출력을 낼 수 있는 시간이 많지 않은 탓이다.

연달아 충격을 받은 천마는 큰 충격에 연신 피를 토해 냈고, 천마지체에도 금이 갔는지 파랗던 머리가 점차 다시 붉은색으로 돌아오고 있었다.

"끝을 내자!"

샤라락.

파지직.

"큭."

그때였다.

어디선가 날아든 부적이 천마의 몸을 옭아매었다.

"부적술?"

느껴지는 기운은 모산파의 그것이었다.

돌아보니 정말로 그들이었다. 한창 전투 중일 때는 달아났던 그들이 어느새 주문을 외우고 있는 것이다.

"이 녀석을 가로채려는 건가? 그럴 순 없지."

그 모습에 소마의 심기가 불편해졌다.

다른 때라면 모르지만 천마만큼은 양보할 수 없었다.

"끼어들지 마……. 컥?!"

소마가 돌아서는 순간.

커다란 충격과 함께 전신을 검은 불꽃이 감쌌다.

겪어 본 적 있는 흑염…… 지옥의 불꽃이었다.

소마의 몸이 크게 휘청이며 튕겨져 나갔다.

"무슨 짓……."

콰앙!

연이어 수십 개의 술법이 동시에 그를 덮쳤다.

모두 흑마력을 가미시켜 파괴력을 높인 술법들.

예상치 못한 공격에 소마의 몸이 몇 번이고 튕겨져 나갔다.

"천마와 괴성이라니, 생각지도 못한 수확이로군."

누군가 쓰러진 소마와 붉은 머리로 변해 버린 천마의 사이로 걸어왔다.

"제갈…… 무기."

무림맹의 군사, 제갈무기였다.

"네까짓 게 감히 나를 잡으려는 것이냐? 배신자 주제에."

천마가 노성 짙은 목소리로 말했다.

"배신자라니, 무슨 그런 섭섭한 말씀을. 저는 제 목적을 위해 잠시 당신과 손을 잡은 것뿐입니다. 그리고 이제는 당신의 목숨까지 손에 넣게 되었지요."

무림맹을 배신하고, 마교에 정보를 넘긴 것은 다름 아닌 제갈무기였던 것이다.

"여우 같은 놈!"

"흥!"

천마가 손가락을 튕겨 보지만 제갈무기의 검에 막혀 힘없이 사라져 버렸다.

천마지체가 깨어지며 공력이 약해진 탓도 있지만, 제갈무기가 펼친 한 수에 가공할 위력이 담겨 있던 것이다.

제갈가의 허약한 무공이 아닌, 전혀 궤를 달리하는 힘이었다.

"어떻습니까. 당신이 내어 놓은 비급에 숨겨진 힘이."

제갈무기가 정보를 내어 주는 조건으로 얻은 것.

그것은 바로 한 권의 비급이었다.

커다란 비밀이 담겨져 있는 절세의 비급.

천마가 누구도 비밀을 풀지 못한 그 비급을 그에게 내주었던 것이다.

설사 그가 거기에 담긴 무공을 얻는다 해도 결코 천마 지체를 이룬 자신의 상대가 되지 못할 것을 자신하면서.

그리고 그것이 지금 칼이 되어 돌아오고 있었다.

"역시 네놈이었군……."

간신히 몸을 일으킨 소마가 그를 돌아보며 말했다.

찬란한 빛을 내뿜던 엑셀리온은 한계 시간을 넘어 이미 빛을 잃은 상태였다.

"어디로 사라졌나 했더니 여기에 나타날 줄이야. 혈마의 난을 일으킨 무림공적으로 낙인찍혀 평생을 도망 다니게 될 줄 알았더니 말이야. 크큭!"

"그게…… 무슨 말이지?"

제갈무기가 표독스럽게 소마를 바라보며 말했다.

"무슨 말이긴, 네가 혈마의 무공을 퍼트렸으니 무림공적이 되는 것이 당연하지."

"헛소리."

"글쎄? 사람들도 그렇게 생각할지 모르겠군, 크크큭. 하지만 이젠 그럴 필요도 없겠어. 네놈은 여기서 죽을 테니까. 바로 천마와 싸우다가 말이야. 그리고 내가, 비장의 한 수로 천마의 목을 취하는 거지."

딱.

제갈무기가 손가락을 튕기자 모산파의 술법가들이 일제히 술법을 펼치기 시작했다.

하나같이 엄청난 마나를 끌어모으는 주문들.

그들이 장원에 설치한 진법과 술법들은 방어용이 아니라 술법의 힘을 증폭시키기 위한 것들이었다.

"네 영웅 놀이는 여기서 끝이다. 이젠 나의 시대야."

"누구 마음대로……."

퍼억!

제갈무기가 내공을 실어 소마의 가슴을 걷어찼다.

전신을 덮은 베히모스의 마갑 덕분에 충격은 크지 않았지만, 몸이 밀려나고 녀석은 인상을 찌푸리며 몸을 돌렸다.

"죽여 버려."

콰과과과과광!!

또다시 수십 개의 술법이 소마의 몸을 때렸다.

베히모스의 마갑이라 해도 견디기 쉽지 않은 충격들.

소마의 몸은 쉴 새 없이 흔들리고 요동치며 튕겨 나갔다.

"커억!"

내부까지 전해지는 타격에 한 사발 피를 토했다.

"질긴 목숨이군. 끝을 내주어라."

그런 소마를 벌레 보듯 쳐다보며 제갈무기가 다시 한 번 술법을 장전시켰다.

[피를…… 원하는 가.]


"젠장……."

다시 한 번 가공할 마나가 그들에게 몰려드는 사이, 소마의 귓가에 작은 속삭임이 들려왔다.


[죽음을…… 원하는가.]


"이봐…… 큭, 꼬시지 말라고……."

유혹을 뿌리쳐 봐도 목소리는 더욱 선명하게 들려왔다.


[저들의…… 말살을 원하는가.]


소마는 이 목소리의 주인을 알고 있었다.

혈마 따위와는 비교조차 되지 않는 존재.

오로지 전투만을 위해 살아가는 존재.

마왕이 아님에도 마왕조차 두려워하는 무관의 제왕.

"지옥의 불꽃!"

"파멸의 창!"

"멸망의 화살!"

"이건 진짜 위험한데……."

날아드는 강력한 술법들을 바라보며 소마가 씨익 힘없

는 미소를 지었다.

"그래, 마음대로 해라. ……발록."


[그대의 의지를 대신해 지금부터 내가 싸우겠다.]


철컥. 철컥.

술법들이 소마에게 닿으려는 순간, 전신을 두르던 갑옷이 또 한 번 변형됐다.

비늘 같던 철갑이 더욱 작게 변하고, 소마의 피부를 파고들며 더욱 밀착되었다.

알 수 없는 문양이 번쩍이는가 싶더니 눈빛은 붉게 물들고, 날아오는 술법들을 향해 입을 쩍 벌렸다.

"끼악!"

"……?!"

그리고는 산커 버렸다.

술법 그 자체를. 술법이 지닌 마나를.

내부에서 폭발하진 않을까 모두가 깜짝 놀라 지켜봤지만, '소마였던' 그것은 전혀 탈이 날 것 같아 보이지 않았다.

"나타나라, 어비스."

엑셀리온 대신 녀석은 마검 어비스를 꺼내 든다.

"그, 그것은……."

어비스의 등장에 천마의 몸이 부르르 떨렸다.

그는 느낄 수 있는 것이다.

녀석이 지닌 깊은 심연의 힘을.

[오랜만입니다. 주인님]

마계의 일곱 마왕조차 두려워하는 전투의 화신.

마검 어비스의 진정한 주인.

투신 발록.

소마가 마지막까지 봉인을 풀고 싶어 하지 않던 발록의
투구를 통해 그가 인세에 강림했다.

〈『소마불패』 제5권에서 계속〉

# 소마불패

1판 1쇄 찍음 2014년 3월 14일
1판 1쇄 펴냄 2014년 3월 19일

지은이 | 성태민
펴낸이 | 정 필
펴낸곳 | 도서출판 **뿔미디어**

편집장 | 이재권
기획 · 편집 | 윤영상
편집디자인 | 이진선

출판등록 | 2002년 9월 11일 (제081-1-132호)
주소 | 경기도 부천시 원미구 상동로 117번길 49(상동) 503호 (우)420-861
전화 | 032)651-6513 / 팩스 032)651-6094
E-mail | bbulmedia@hanmail.net
홈페이지 | http://bbulmedia.com

**값 8,000원**

ISBN 979-11-7003-291-5 04810
ISBN 978-89-6775-960-5 04810 (세트)

# 도서출판 뿔미디어 홈페이지 OPEN*!!*

안녕하세요.
지금껏 저희 뿔미디어를 응원해 주신
독자님들의 성원에 힘입어
이번에 새롭게 홈페이지를 오픈하였습니다.

저희 뿔미디어는 홈페이지에서 독자님들께서
보다 빠른 출간 소식과 미리보기 등
알찬 내용을 제공하기 위해 많은 노력을 기울였습니다.
또한 독자님들에게 도서 할인, 이벤트 등
다양한 혜택을 제공하고자 합니다.

저희 뿔미디어 홈페이지 오픈을 계기로
한층 더 독자님들과 가까워질 수 있는 기회가 되었으면 합니다

보다 많은 관심과 사랑 부탁드리며,
앞으로도 더 좋은 컨텐츠 제공에 힘쓰도록 하겠습니다.

감사합니다.

**-도서출판 뿔미디어 올림-**

 www.bbulmedia.com